The Battle of Dorking

George Tomkyns Chesney ジョージ・トムキンズ・チェスニー

深町悟訳

Reminiscences of a Volunteer

ドーキングの戦い

ある英国篤志隊員の回想録

国書刊行会

ドーキングの戦い　目次

主な登場人物

私……………………主人公。官公庁に勤める。篤志隊員として従軍。

トラバース…………主人公の親友。従軍仲間。

トラバース夫人……トラバースの妻。

アーサー……………トラバース夫妻の子ども。

ウッド………………トラバース家に仕える老執事。

ダンバーズ…………主人公の知人。財務省に勤める。

ディック・ウェイク……見習い弁護士。従軍仲間。

イングランドと周辺諸国の地図

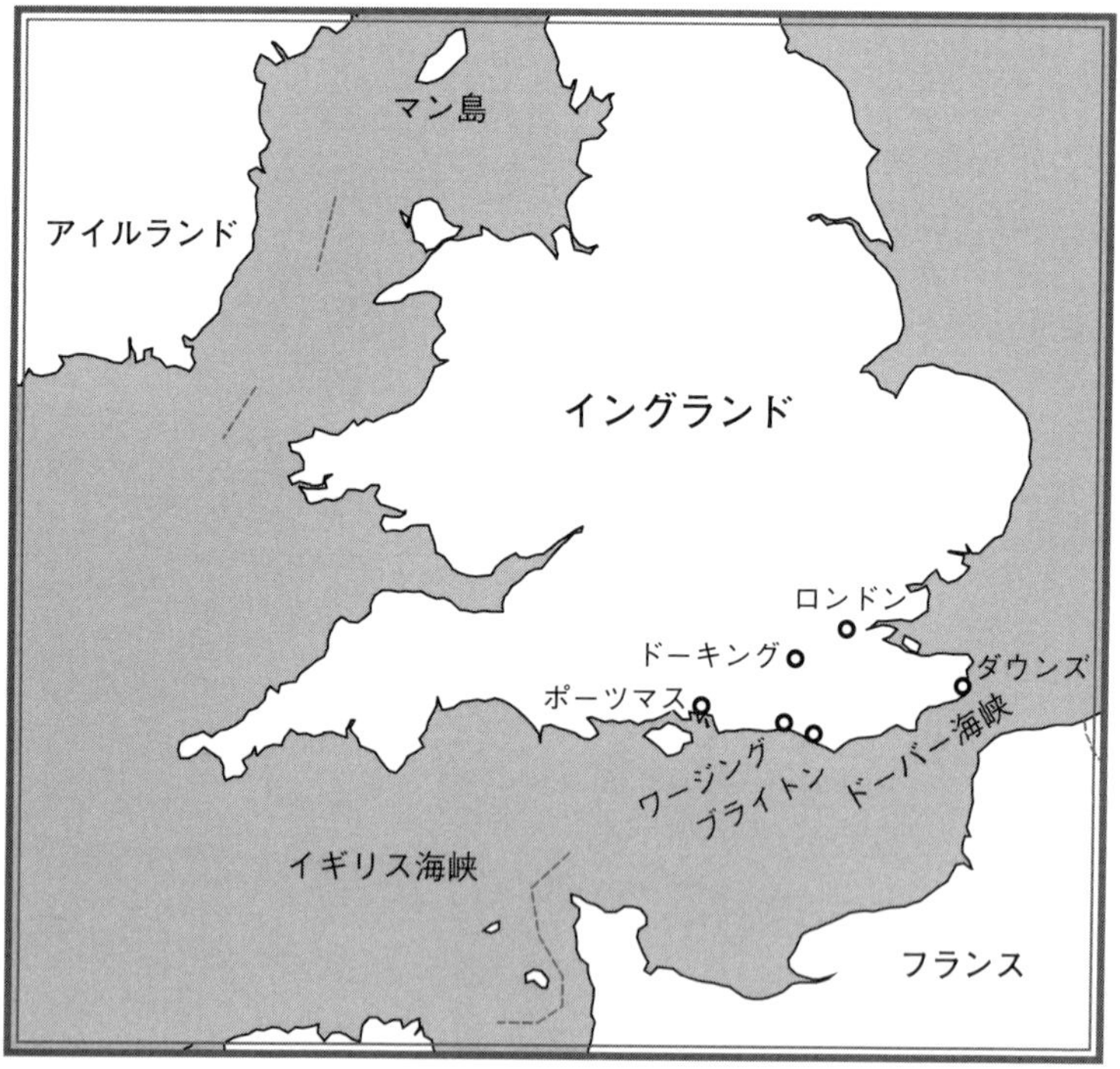

ドーキングとその周辺地域

ドーキングの戦い

ある英国篤志隊員の回想録

The Battle of Dorking

Reminiscences of a Volunteer

第一章　古き英国の落魄

ああ、私の可愛い孫たちよ。これから海を渡る孫たちよ。祖国を捨てて新天地に望みを託す孫たちよ。お前たちは五十年前のあの出来事を話してほしいという。それがどれほど辛いかはわかってもらえないだろう。だが私は老骨を祖国に埋めるのを待つだけの身だ。この世代が犯した間違いからお前たちが学ぶのなら、喜んで我が古傷を抉《えぐ》ろうじゃないか。

危機が迫っていると悟った時には手遅れだった。確かに敵は英国の不意をついて一気に攻めてきた。だがあれが青天の霹靂だったと言い切ることもできない。予見するのに十分すぎるほどの手がかりがあったからだ。それでも私たちは気づかなかった。否、気づこうとしなかったのだ。眼前に突き付けられた予兆をことごとく無視したのだ。この国が汚辱に塗《まみ》れた責任は、はっきりいって我ら英国人にある。

私も歳をとった。だが自分の世代で幸せな老後を送っている者など、どれほどいるだろうか。名折れの末路などはっきりいえば惨めなだけだ！　白状すると、あれから五十年経った今でも、若者の目を堂々と見ることができない。恥じ入るばかりだ。父祖は英国を偉大にした。この国は誇り高く、一点の汚れもないほどだった。だが、そんな国を任せられた私たちは先人の信頼を徹底的に裏切った。私は古き良き英国を落魄せしめた一人なのだ。

五十年前の私たちは胸を張って生きていた。幸せだったよ。四半世紀以上も続いた自由貿易は、国民を豊かにし、その降り注ぐ富に限りはないと信じ切っていた。ロンドンの成長は目を見張るばかりで、財を成した世界中の貿易商がこぞってここに引っ越してきた。その富豪たちに引き寄せられるように、弁護士や医者や技術者も居を構えた。富のおこぼれに与《あずか》ろうと小売業主までこれに加わったものだから、家はいくら建てても供給が追いつかないほどだった。私の父の代ならかなりの田舎と考えられていたクロイドンやウィンブルドンにも街路が伸びた。さらにはキングストンやライギットまでもがロンドン地区に編入されるともっぱらの噂だった。こうして繁栄と拡大が永遠に続くものだと誰しも考えていた。

しかし貧困がなかったわけじゃない。そもそもこの問題が解決した試しなど歴史上かつてなかったが、むしろ好景気だった当時はかなり表面化していたよ。金持ちが増えるにしたがって貧乏人も増えていったからだ。だが国の財政が潤っていたから、貧困率の高まりに対応するだけの余裕があった。それに富裕層の拡大は今後も続くと思っていたから、楽観的になれたというものだ。

当時の家庭なら子どもを十人作るなんて当たり前だった。まあ昔風にいえば、子宝に恵まれるのは神の祝福だったのだ。娘たちを全員結婚させることが難しかったとしても、息子たちの就職先に不足はなかった。どんな業種でも人手不足だったし、役所の仕事だって増える一方だったからな。それに当時は陸軍や海軍が若者をほしがっていたし、子どもを軍人にさせるのが嫌ならインドなどの植民地に送ることだって容易だった。今ほどではないが、海外に移住することもそれほど珍しくなかった。要するに働き手の選択肢は多くて、恵まれた時代だったということだ。学校だって例外じゃない。四、五百人の生徒を抱える学校が雨後の筍のように開学続きだった。だからといって校長連中が教育熱心だったとは思わないでほしい。他の専門職階級の人間と同じように資産を増やすことに余念がなかったからな。まあ、就職先にせよ学校にせよ、潤沢に揃っていたのが当時だったのだ。

「豊かさと繁栄は神の恵みだ」などと私たちはのんきに構えていた。それだけじゃない。その恵みに永遠に与《あずか》れるものだと信じ切っていた。ああ、なんと愚かな！　英国の豊かさと神意にいったい何の関係がある。英国は巨大な工場に過ぎなかったのだ。世界中から送られてくる部品を組み立てる単なる工場だったのだ。もし材料が不足すればそれを補う手段もない。立ち行かなくなってしまう。そんな単純な事実にさえ気づいていなかったのだ。

英国には安価な石炭と鉄という強みがあった。この資源を無駄使いしないよう大事にしていれば、国際的な競争力をもっと長く保持できたかもしれない。しかし世界を見渡せば、海外産のより安価な石炭や鉄が市場に出回り始めていた。だから、そう遠くないうちに貿易で勝てなくなることは予測できた。それ以外の資源や食料については言及する必要すらないだろう。

「そんな悪条件で、なぜ英国が繁栄できたのか」だって？　それは貿易航路のおかげだよ。世界中のさまざまな国が製品や材料を英国へ輸出する「習慣」があったからだ。もし貿易の風向きが変われば、元に戻すことは難しい。実際この国に再び風が吹くことはなかったよ。そんな「習慣」という脆《もろ》い土台に繁栄を謳歌していたのが英国だったのだ。そして豊かさに目が眩んで現実を直視しようとしなかったのが私たちだったのだ。だが適切な手段を講じていれば、永遠は無理でも、繁栄をもっと長続きさせることはできたかもしれない。しかし私たちはそれも怠った。自国の経済さえ疎かにしたのだ。

　歴史を見渡しても、あの悲劇ほど簡単に予見できたものはなかっただろう。この国が世界一の貿易大国だったとすれば、隣国はヨーロッパで一番の陸軍大国だった。それに、あの馬鹿げた社会主義に侵される前の彼《か》の国は貿易国としても成功していたし、多くの面でヨーロッパ随一を誇っていた。社会主義なんて結局は金持ちを根絶やしにしただけで、貧乏人を救うこともできなかった。

そんな社会改革を生き残ったのがあの陸軍だ。

陸軍をあの国の人々はもっとも誇りにしていた。それは単なる自惚れではなく輝かしい戦歴がそれを証明していた。ロシアやオーストリアだけではなく、プロイセンにまで勝利したほどの実力だ。無敵を誇ったのも無理はない。パリ万博*の時だったが、ナポレオン三世は大閲兵式まで開いて、来賓の王族に自分の衛兵を披露した。悦に浸った彼の顔を新聞で見たのは今でも覚えている。

このように名実ともにヨーロッパ最強だった陸軍だが、後に惨憺《さんたん》たる大敗北を喫することになる。それはあの大閲兵式からわずか三年後のことだった。全軍を捕虜にされたといえば、どれほどの敗北だったかがわかるだろう。軍事史上ここまで徹底的に負けた事例はなかったくらいだ。「今までなかったから今後も起こり得ない」と考えるのがいかに危険かは隣国が身をもって証明したではないか。私たちは自分たちのほんの目と鼻の先で起こったこの歴史的事件を教訓としておくべきだったのだ。

無論、私たちがあの戦争に無反応だったわけではない。英国内でも危機感の高まりがあった。「あの強大な軍事力が突然こちらに牙を剝くかもしれない」、

「軍を再編成して防衛力を強化すべきだ」などの声が国内で噴出した。しかしそれも一時のことに過ぎなかった。

当時の政権は予算削減を公約に掲げて選挙に勝った。公約は実現しなければならないが、一方では防衛力を強化せよとの世論の突き上げもあったから、そんな板挟みの状況に政府は苦慮していた。それに党内の問題もあった。この政党にも急進派がいて、彼らとも折り合いをつける必要があったのだ。急進派は党に従うことの条件として頑なに軍備の削減を要求した。しかしこれの存在は一つの要因に過ぎない。というのも、あの政党はそもそも陸軍嫌いだったのだ。陸軍を弱体化させることには積極的で、その力を弱めれば王侯貴族の影響力も削ぐことができるとまで信じていた。しかしこのような党是自体が笑えるほど時代にそぐわなくなっていたことに彼らは気づいてなかったのだ。王室や貴族はなんら実権を持っていなかったし、政権とて下院の意のままに操られる傀儡

＊パリ万博　一八六七年のパリ万国博覧会のこと。日本はこの時に初出展した。

に過ぎなかった。さらには国会でさえ衆愚政治によってほとんど支配し尽くされていた。彼らは本当の権力がどこに存在するかも知らず、懐古主義に取り憑かれ、存在しない幻を相手にせっせと戦っていたのだ。

このように政権には陸軍を弱くするための動機があったわけだが、結局は当時の世論に屈して、この危機への対応策を渋々示すことにした。とはいえ、これはもちろん表面的な態度に過ぎない。そして「党内の意見をまとめなければならない」という理由を口実に、防衛計画を骨抜きにしてしまった。さらに、この穴だらけの計画を正当化するために、「海軍と英仏海峡さえあれば国防は十分だ」という強引な意見さえ唱え出す始末だった。

こうして陸軍の予算削減は続いた。さらには「国内産業の妨げになる」との理由から、それまで行われてきた予備兵と篤志隊員*の訓練もやめてしまった。なぜそれほどまでに国防を軽視したのかと怒りが込み上げる。もし産業を多少犠牲にしていれば今ほど落ちぶれることもなかっただろうに。

まあ、お前たちもこんな話は飽きるほど耳にしたことだろう。しかし辛抱して続きを聞いてほしい。確かに民衆は自分たちに危機が迫っていることを知っていた。それでも舌先三寸の指導者から与えられる偽りの安心感に浸ることを選んだのだ。隣国を襲った悪夢から得た教訓を生かせなかった。フランスは陸軍に絶対の信頼を置いていたし、他の国々だってこの陸軍を称賛していた。まさに自他ともに認める最強の軍隊だった。しかし、これを海軍に置き換えるとそのまま英国に当てはまる。フランス陸軍が辿った同じ道を英国海軍も進んでしまった。祖国発展のために心血を注いだ両国の先人が、想像し得なかったほどの大惨事を招いたのは、英仏どちらの場合も過度の自信だったのだ。

＊**篤志隊員**　篤志隊は主に中産階級以上の人たちで編成された志願兵の隊。しかし四十一頁の註にある民兵隊とは違い、市民の募金によって運営され、隊員たちは装備を自費で賄うことが多かった。歩兵もいれば騎兵や砲兵もいた。集中的な訓練期間がなく、余暇を充てて短期的な訓練に参加できることから中産階級に好まれた仕組みだった。

第二章　破滅の始まり

悲劇の始まりについてはお前たちも知っての通りだ。まずインドで民衆蜂起が発生し、余力のない英国陸軍の一部がその対応に割かれた。それから長年懸案となっていたアメリカとの軋轢《あつれき》が看過できないほどに高まったから、カナダの守備を強化するため一万もの兵を派遣することとなった。まあ、カナダの防衛にそんな小規模の増兵をしたところで、気休めにもならなかったのだが……。

しかし、これが無意味どころか悪手だったことが後に明らかとなる。というのはこの派遣軍には近衛兵で作った三つの大隊が含まれていたからだ。「捕虜にしたい」という強い動機をアメリカ側に与えてしまった。

英国の正規兵はもともと少なかったが、このような事情から国内防衛を通常よりもさらに少ない人数で賄わざるを得なくなってしまった。そんな時に、西からフェニアン同胞団*の軍事侵攻が始まるとの噂が広まった。この危機に対処すべく、国内正規兵の半分もの人員をアイルランドに送ることになったのだ。

　蛇足ではあるが、英国艦隊も間の悪いことに四方八方に散らばっていた。まあ、散らばっていなかったとしても結果は同じだっただろう。ある艦隊は西インド諸島の警戒に当たり、また、ある艦隊は中国海域で民間武装船を制圧する任務に就いていた。さらにかなりの数の軍艦がバンクーバー西側の海域に留まっていた。こうして海軍の配置を挙げてみれば、英国が守りきれないほどの領土を持っていたことがわかるだろう。

　当時のアメリカは今ほど強国ではなかったが、大国には違いなかった。そんなアメリカの手の届く場所を領土として維持するなど、あまりにも無策だった。英国からはチリのホーン岬を回らなければたどり着けないような土地**だ。より近くでたとえるなら、アイルランドが独立する前にマン島を奪おうと試みるがごとく馬鹿馬鹿しい。今ならそれがよくわかる。しかしあの頃の私たちにはわからなかった。無謀にも維持できると思い込んでいたのだ。

英国海軍が世界中に分散したのにともない、すでに小さくなり過ぎていた陸軍も支隊を次々と海外に送り込むこととなった。こうして本土の防衛機能が徐々に失われていた矢先、オランダとデンマークの併合が世間の知るところとなった。当事国間で秘密にされていたことが突然公表されたのだ。これに英国民は怒り心頭だった。「顔に泥を塗られた」と反射的に国中で怒号が噴出したのだった。一つの問題が片付くまでは、別の問題に手を出さない方が賢明だと、冷静になって思い返せばわかるだろう。しかし英国人にはどこか衝動的なところがある。そして報道機関にけしかけられ、政府は殺気だった国民に従うことに意を固めた。これが宣戦布告に至った経緯だ。これまでだって英国が追い詰められたことは何度もあった。しかしその度にうまく切り抜けてきた。だから

＊フェニアン同胞団　十九～二十世紀にアイルランド独立と共和政の実現を目指した民族主義団体。
＊＊土地　カナダ西部（ブリティッシュ・コロンビア）のこと。当時はまだパナマ運河が開通していなかった。

今回も運が味方してくれるだろう、と私たちは楽観的だった。

　宣戦布告後は国中が慌ただしくなった。予備隊の一斉召集もその頃に行われたが、国内の喧騒にかき消されて話題にも上らなかった。だが、実はこれが大きな問題で、ほとんどが召集に応じなかったのだ。全部で五千人ほどしかいない虎の子の予備隊員たちだ。それが、いざ探そうにも行方知れずでどうしようもなかった。手詰まりになった政府は、馬鹿げたほど高額な報酬で市民兵の募集を始めた。すると今度は全国から志願者が殺到して、五万人以上も集まったのだ。議会は五万五千人を市民兵の定員とする法案を可決した。人数の根拠を問われた首相は、万全な国内防衛のために必要な数がちょうど五万五千だったと答えたそうだ。あまりに場当たり的な言い訳じゃないか。

　ついに待ちに待った戦艦の建造も始まった！　鉄甲船、通報艦、砲艦、監視艇など、防衛のためのあらゆる船を造るべく、国内すべての造船所が稼働を始めた。だが政府は鋲*を打てる職人を日給十シリングという薄給で雇おうとした。応募者がほとんどいなかったことは想像に難くないだろう。兵士不足を補うために「職人に対する人事召集令状の発行の是非について」という議事が下院で審議された。これは揉めに揉めたが、結局は徴兵を見送るという結論に達した。それで多くの人員を造船所に送れるようになったわけだが、数週間という短期間でいったい何を造れというのだ。もし数年単位の時間があれば十分な準備ができただろうに。

開戦したのは月曜日だった。戦争を始めると言い出したのは英国だったが、敵はそれを見越してすでに入念な準備をしていた。その一端が明らかになったのは、宣戦布告後、わずか数時間後のことだった。北ヨーロッパと英国を繋ぐすべての通信網が遮断されたのだ。宣戦という英国の切なる祈りによって、眠れる闘神は覚醒した。そして闘神の応答は電報による素気ないものだった。両者の連絡はこれを最後に途絶え、電信は不通となった。それからすぐに在外英国大使館や領事館に対して国外退去の通達がなされた。しかも一時間以内に出ていけという一方的な命令だった。現代国家にあるまじきこの無礼なやり方に、

＊鋲　ここでは装甲板などの船体を繋ぐために用いられるもの。溶接技術が用いられるようになったのは一九〇六年に登場したドレッドノート艦（日本ではド級艦などと呼ばれる）以降である。

まるで中世にでも時代が逆戻りしたかと思ったほどだ。

通信が遮断された翌朝のロンドンでは、誰もが啞然とする事態が発生した。新聞にニュースがないのだ。この突如始まった戦争では、驚くべき出来事が数多くあった。しかし、あの時ほど面食らったものはそう多くない。紙面を埋め尽くしていたのは、憶測、推測、空想、仄《ほの》めかし、そういった記事ばかりで、この唐突の事態に私は目が点になってしまった。

敵が入念な準備をしていたことからも明らかなように、すべてのことはあらかじめ計画されていた。「英国は虚を突かれた」と言う人たちは間違っている。敵はあの戦争の少し前にヨーロッパ最強と言われた国に侵攻したではないか。それもたった数日で五十万もの兵士を送り込むことに成功した。さらに今回の場合とは違って、その大作戦を自軍だけでやり遂げたのだ。

しかし英国はそれを歯牙にもかけなかった。あの大事件を知っても、一旅団が演習でオルダショットからブライトンまで移動した、といった程度の関心しか示さなかった。ゆえに今回起こったことになんら不思議な点はない。勃発する可能性の極めて高い戦争だったのだ。それでも私たちは現実から背を向けた。

未曽有の禍いに見舞われる可能性を真剣に検討しなかった。隣国の人々と同じく、手遅れになって初めて対策に乗り出したのだ。

情報網から遮断された英国だったが、いつまでも干からびていたわけではない。国家という巨大な組織をもってしても、すべての英国人特派員たちを大陸から締め出すことはできなかった。そして、ヨーロッパ中の通信や鉄道網にかけられた検問をすり抜け、重大なニュースが英国にも届くようになった。それによると、バルト海とベルギーのオステンドに至るすべての港からの出航が禁じられ、そこに係留していた汽船は抑留されたそうだ。また、二つの大国の艦隊が出航したことや、その両艦隊の目的地は北海沿岸の大きな港だったこと、さらには、これらの港で抑留された船のほとんどは英国船籍で、そこにたくさんの外国人兵士が大急ぎで乗り込んでいたことなどが伝えられた。それらの情報を総合すれば、英国侵攻の準備が本格的に進んでいることは、もはや疑う余地がなかった。

敵がここまでの準備をしていたとはいえ、英国艦隊が迎え撃つ体制を取っていたら助かったかもしれない。砲撃を加えて敵の船団を守る要塞を破壊することもできただろう。それと比べると格段に小規模だが、一、二隻の装甲艦とその操作に熟知した操縦士がいれば、輸送船団の一部を破壊、あるいは損傷させることだってできたに違いない。そうやって敵の準備を遅らせれば、時間という英国にとってもっとも必要なものを稼ぐことができただろう。しかし、海峡艦隊の主力はダーダネル海峡の方へとおびき寄せられていたし、残りの艦隊もフェニアン同胞団を排除しようとアイルランド西方沖で警戒していた。それで戻ってくるのに十日もの日数を要してしまったのだ。致命的な遅れだった。敵にそれだけの猶予を与えた結果、もはや奇襲をかけた程度ではびくともしないほどに侵攻の準備が進んでしまっていた。情報源をイタリアに頼っていたため、英国に届くニュースにはどうも曖昧で不確かな点が多かったが、少なくとも二、三十万もの兵士が船に乗り込んだことや、敵の船団を守る装甲艦は英国のものを数で圧倒していた、という情報に関しては確かなようだった。

　ただでさえ遅過ぎた艦隊の集結だったが、これが済めばただちに出撃できるというほど事態は単純じゃなかった。敵の上陸地点が摑めなかったことに加え、敵に裏をかかれないよう警戒せざるを得なかったからだ。それで何日間もダウンズに停泊することとなってしまった。宣戦布告から半月も経った火曜日になって、ようやく抜錨し北海へと出航できたのだ。

出航の前日には女王がヨットで駆けつけた。艦隊をぐるりと一周してから旗艦に乗り込んだこの君主は「英国の安全を汝に委ねます」と感極まりながら提督に伝えた。この出来事はあまりにも有名だから、お前たちもどこかで読んだことがあるだろう。女神にもっとも近きこのお方を相手に老提督が堂々たる対応をしたこと、港が人々で溢れ返っていたこと、女王の下艦に合わせて水兵たちが熱烈な歓声を上げたこと、そういったことは本に書かれてある通りだ。

この感動的な話はすぐにロンドンにも伝わった。英国を一身に背負い、敵を迎え撃たんとする海峡艦隊の士気の高さは、市内にいるすべての人々の知るところとなった。特別列車でドーバーを発った女王の客車がチャリング・クロス駅を通過すると、大勢の人たちがすごい歓声を上げた。私は偶然駅前にいたのだが、すでに戦争に勝利したと錯覚するほどの熱狂ぶりだった。

議会の開催期間中には例のごとく防衛費の削減を叫んでいたメディアだったが、開戦から二週間も経つと、以前の元気はどこ吹く風と言わんばかりに、覇気のない論調に変わっていた。戦争から抜け出すための、ありとあらゆる妥協案を披露していたよ。ところが女王が艦隊を激励した翌朝は、うって変わって好戦的な姿勢になった。その一つを紹介しよう。

今回のことで冷静さを失った人たちは、侵攻に抵抗する手段はどこにあるのだと声を荒げる。しかし我々が他国の侵攻を許すなど絶対にないと断言しよう。その勇気や情熱で国中を鼓舞した我らの水兵を乗せた艦隊が、高慢甚だしい敵を迎え撃つべく出陣した。英国艦隊と敵艦が真っ向勝負すれば、勝敗の行方は火を見るよりも明らかである。諸君は近日中に行われるこの決戦の結果を、ただ座して待てばよいのだ。

このような記事はどの主要新聞にも書かれていた。また、そのような鼻息の荒い意見にこそ多数の読者は賛同した。

第三章　海戦の行方

ダウンズから艦隊が出港したのは、八月十日の火曜日だった。海底ケーブルを敷設しながら進んでいたから、海からの情報が陸にも伝わるようになった。私たちはそれを新聞の号外を通じて知ることができた。さらに号外は数分おきと言っていいほど、頻繁に配られていたのだ。このようにほとんど即時的な情報伝達が行われたのは画期的なことだった。英国の最新技術を目の当たりにした私たちは、この戦争の幸先の良さを実感して喜んだ。しかし通信ケーブルは双方向的だったから、信号は艦隊からだけでなく、艦隊へも送られていた。本当かどうかわからないが、海軍本部が一貫性のない命令を送り続けたことで、提督がまともに指揮できなくなっているとの暗い噂もあった。さらに提督が本部に送った報告は、どの船が偵察に出たとか、戻って来たとか、自分たちの現在位置はどこだとか、簡便極まるものばかりだった。そんな情報は、海軍本部どころか、他の誰にとっても無意味だった。そして、初めの二日間はこのような情報が次々と更新されていった。

物事が一気に動き出したのは木曜日の朝だった。この朝も普段通りに私は列車で通勤していた。しかし、ロンドン市内にある職場の最寄り駅に着くと、「号外！　敵艦隊発見！」と声を張り上げる新聞売りの少年に遭遇した。あの朝のロンドンを想像してみてほしい。国の存亡がかかった戦いが目と鼻の先で行われようとしていた一方で、銀行では期日を迎えた手形の決済が行われたり、投機家たちが商魂たくましく取引したりしていたのだ。そこでは資産を増やす人も減らす人もいたが、この一報によって海戦への関心が何より優った。支払いや引き出しに来ていた人たちは、自分の用事を後回しにしてまで、窓口の行員に号外を見せていた。街中では新聞を買ったり読んだりするのに立ち止まる人があまりに多かったから、ぶつからないように歩くだけでも一苦労だった。

これがあの朝の私の通勤風景だったが、屋内の様子とて異様だった。家では居間へと、職場では談話室へと人を求めて人が集まってくる。そして数分おきに誰かが新聞を買いに行くのだ。まあ、少なくともこのような光景が私の勤務先の役所では見られた。しかし、ただそうやってニュースを待つのにも耐えられなくなってきた私は、少しでも早く情報を得ようと外に出た。談話室に詰めかけていた同僚のほとんども同じように痺れを切らしていた。悪い時代の幕開けに相応しく、吐き気を催すような緊張感に見舞われた。そして、そのあとに私が受けた衝撃は、これまで経験した中でも最悪の部類に入る。

続報が届いたのは十時ごろだったと思う。その一時間後には「艦隊陣形を整えよ」との合図を提督が送ったことが明らかになった。さらに「敵に最接近して攻撃せよ」との命令を下したとの情報が続いた。正午ごろには、「我々の風下三海里先で艦隊の砲撃が始まった」との知らせも入ってきた。「我々」というのは、ケーブルを敷設していた船のことだ。ここまでの情報に悲観すべき点は見当たらない。だが我が国の命運を決定づける最初の兆しが現れた。

「装甲艦が爆破された」「敵の機雷によって大損害を受けている」「旗艦が敵艦に横付けされた」「旗艦が沈んでいるようだ」「副提督が合図を出した」

これらの矢継ぎ早に届いたメッセージを最後に通信は途絶え、それから丸一日も艦隊の消息はわからなくなった。お前たちも知っての通り、あの戦いで艦隊は壊滅していたのだ。沈没を免れることができたのはたった一隻の装甲艦で、ポーツマスへと避難していた。

この生き残った船によって海戦の一部始終が明らかとなったのは、翌日のことだった。報告では、水兵たちが評判違わぬ勇猛さで敵艦への接近を試みたことや、肉薄されることを避けた敵が、とてつもない破壊力を持った「何か」を残して去り、それによってこちらの戦艦が次々と沈んでしまったこと、さらに驚くべきは、わずか数分で勝負が決したということだった。この得体の知れない兵器について政府はある程度知っていたようだった。だが、何も聞かされていない一般市民はただ愕然とするばかりだった。

開戦以来、仕事を早退して連隊の訓練に参加するのが日常になっていた私は、艦隊が消息不明になったあの日も同じように駐屯地に行った。戦局が気になって訓練にもまるで身が入らず、自由になると家に帰らず真っ直ぐロンドンに向かった。ひたすら市内を彷徨《ほうこう》したが、ニュースは何一つ得られなかった。さらに悪いことに終列車も逃し、蒸し暑い夜に徒歩で帰る羽目になってしまった。

家に着いたのは明け方近くだった。そんな時間帯だったから当然だが、街全体が静まり返っていたのをとても印象深く覚えている。自分で玄関の鍵を開け、家族を起こさないよう、そっと階段を上って寝室に入った。だがおそらくは、家族も眠れずに起きていたのだと思う。一人でいると庭の鳥のさえずり以外には何も聞こえてこない。舞踏会やパーティーを終えて夜中にそっと帰宅した時のようだった。そんな平穏で幸せな日々が続いていると錯覚してしまうほどの静けさだった。清閑たる朝だったが、わずか数時間後には国中が大喧騒に包まれたのだから、その変わりようはあまりに大きい。

一晩中歩いたから、かなり疲れていたはずなのに一向に眠れなかった。それで近くの川へ泳ぎに行った。戻るとすでに朝食が用意され、家族が食堂に集合していた。いつもよりずいぶん早かった。しかし当然ながら食卓に笑顔は無く、その場の空気はとても重苦しかった。一人一人が悲痛な思いに見舞われていたのだ。父は勤務先の倒産は避けられないと憂いていた。母は沿岸部隊の息子を心配するあまり、寝室に籠っていたかったはずだ。母が子を思う気持ちは偉大だ。英国の未来を憐れむ気持ちにも勝る。そんな気持ちをどうにか堪えて食堂に来たのだろう。だが家族の中でも、妹のクララがもっとも動揺していた。クララはあの艦隊に特別な思い入れがあったのだ。それをどうにか隠そうと努めていたが、私たちはみな勘付いていた。妹は旗艦に乗船した若い中尉に恋していたのだ。のちにわかったことだが、あの海戦で最初に沈んだのが旗艦だった。まだ公然と認められていない男女関係については、知らないふりをしなければならないから、誰も妹を慰めてやれなかった。

朝食はすぐに終わった。その時は知る由もなかったが、家族揃って食事をしたのはあれが最後だった。父と私は朝の列車で市内に向かった。そして、私たちが駅に着いたのとちょうど時を同じくして、ポーツマスから知らせが届いた。海峡艦隊についての恐ろしい事実を告げる号外だった。

第四章　敵の上陸

艦隊壊滅の一報が広まった金曜日のロンドン市内は、それはもうひどい騒ぎだった。まず債権の価格が三十五ポンドに暴落した。さらに預金の引き出しが停止されたものだから、銀行では取り付け騒ぎが起きていた。政府は手形の現金決済を停止する通達を出したが、経済崩壊を防ぐこの最後の一手は、ほとんどの会社にとって遅きに失した。そして朝の時点で半数もの会社が一気に倒産し、父の勤めるカーター商会も例に漏れず、父が出社した時にはすでに支払い不能に陥っていた。そんな混乱とは裏腹に、国民の戦意は最高潮に達していた……。まあ、こんな話はどこにでも書いてあるのだから、これ以上話す必要もないだろう。お前たちが聞きたかったのは私個人の体験だからな。

私が所属していた篤志隊は通常六百人程度の規模だったが、開戦から三日間で千人近くにまで増えていた。ただ、人数が増えたからといって武器も増えたわけではない。ついぞ果たされることはなかったが、追加の装備が数日で届くという言葉を信じて訓練を続けるしかなかった。それで新人は午前中に、私たち古株は午後にといった具合で隊を二つに分け、数少ない銃でみなが訓練できるよう工夫していたのだった。さらにあの日の経済破綻で多くの若者が失業したから、翌日の土曜日には私たちの隊だけで一気に千四百人もの増員があった。

だがライフルを調達する目処は立っていなかった。武器がないのに人数ばかり増えても意味がない。するとちょうど同じ土曜日に、大量のブラウン・ベス*を放出すると通達が出た。これはロンドン塔で保管されていたもので、希望者は受け取りに来いとのことだった。そんな年代物の武器でも争奪戦になったよ。私の隊ではなんとか数百丁を確保することができた。だが、これがなんの役に立とうか。あんな銃の弾など、どこも作っていないのだ。あれをライフルに見立てて訓練したところで使い方が違うのだから実戦では無意味だ。ホウキで訓練したって一緒だよ。ちょうどその頃、バーミンガムの兵器工場で新たにライフルを製造するための募金が始まった。たった二日間で数百万ポンドもの資金を集めることに成功したそうだが、武器に窮してから始めても遅すぎる。

出撃命令が出される二週間ほど前から、ドーバーやブライトン、ハリッジなどイングランド南部の各地に正規兵と予備隊の軍営が設けられた。そして各篤志隊の本部もこれらに付属する形で置かれたのだった。私たちは日々の訓練のために軍営へと通っていたのだが、移動時間を節約し、また、即応化できるよう、兵士を無期限に宿営させる通達が金曜日に出された。ただロンドンの篤志隊員は例外で、どの地点が侵攻されるか目処が立つまでは、予備兵として首都

＊ブラウン・ベス　十八世紀前半から十九世紀前半まで使用されていたマスケット銃の一種。威力のばらつきや修理の困難さを克服するために規格化された銃であり、主に歩兵が使用した。名前の由来は諸説あるが、一説には、帽子もなく日焼けしながら路上で客を待つ十八世紀の最下層の売春婦一般がブラウン・ベスと呼ばれていたことから、それが転じて兵士の相棒を指すこの銃の名称として定着していった。

に留まることになった。こうして私たちは連隊ごとに旅団や師団に組み込まれたのだった。

　私の所属となった旅団には他に王立サリー第四民兵隊*とサリー第一篤志兵大隊、それにサザークのサリー第七篤志隊が参加した。しかし宿営していたのは私たち篤志隊の大隊と民兵隊だけだった。旅団全体が集まったのは、出撃する前に二、三度ブッシー公園で行われた午後の合同旅団演習の時だけだった。旅団の長たる我が准将は、アイルランドの戦列歩兵連隊**の所属で、出発命令が出たその朝まで一度も顔を出さなかった。そのため二週間あった準備期間中は第四民兵隊の大佐が代わりに指揮を執り、そして我々篤志隊員はみな戦闘や行軍の訓練で忙しく過ごしていた。しかし私の本業は政府の役人だ。事務仕事だけでも手に余るのは想像に難くないだろう。私の同僚たちは、夜遅くまで机にかじりついていなければならなかった。だが隊員だった私は午後四時に退庁することが許されていたのだった。

　統監***や判事への通達、病院として利用するために救貧院を明け渡す命令書の作成など、その他にも数えきれない事務手続きを私の役所が担っていた。そんなわけで大騒ぎだったのは街頭だけではない。しかし多忙を極めていた私なんかはまだましな方だったのだろう。当然だが、何もすることがない人たちも多くいたのだ。あんな状況下でただ眺めているだけ、というのはあまりにも気が滅入ったに違いない。

国内の混乱状態がもはや日常と化していたなか、八月十五日の日曜日を迎えた。朝の行進と戦闘訓練を終えた私は、隊の制服を着たまま列車に乗り、九時ごろ中心街に着いた。万が一に備えてライフルも携行していた。あの時はたまたまレインコートも持ってきていたが、これが後に大活躍するとは思いもよら

＊**王立サリー第四民兵隊**　民兵隊は政府によって費用が賄われる予備戦力。一部の例外をのぞき、皆歩兵である。隊員は入隊直後の数ヶ月間に集中的な訓練を受け、その後は普段通りの生活に戻るが、手当が支払われる代わりに定期的な訓練に参加することが義務付けられていた。初めの訓練が数ヶ月におよび、また、手当がもらえるこの仕組みには季節労働者を多く取り込むことが意図されていた。

＊＊**戦列歩兵連隊**　一六八四年設立の王立連隊。主に陸軍のエリートで構成される。

＊＊＊**統監**　軍事権を持つ地方行政官。管轄地域の民兵隊を召集・指揮する権限を有していた。

なかった。

ウォータールー駅に着いた時、通りはすでに戦争の噂で持ちきりだった。なんでもダウンズの沖合で艦隊が目撃されたようで、さらに、沿岸部を警戒していた偵察艇も小規模の艦隊をハリッジ沖で発見したらしい。だが残念なことに、どちらの場合も悪天候のために、彼らの情報を陸から確認することができなかった。自分たちの位置を知られまいとした敵が灯台船を使って英国籍の船を探しては、手当たり次第に沈めたり拿捕したりしていたそうだ。それでも数隻が敵の目をかい潜り、夜の間に帰港することに成功した。それでわかったことだが、北米沖から帰還中のインコンスタント艦*が敵艦隊に接近してしまい拿捕されたそうだ。この船は戦時中だったことを知らなかったのだ。

一方、市内の各部隊は出撃準備を整えていた。バードケージ・ウォーク通りでは、武装したウェリントン兵舎の衛兵や、彼らの装備を満載した馬車が並んでいたのがとても壮麗で印象的だった。宮殿の近衛兵たちは通常の護衛任務から解かれ、下級兵士から参謀に至るまで、誰もが慌ただしく往来していた。駅を降りて勤務先に着くわずかな間に見聞きしただけでも、実にこれだけの情報量だったのだ。早くに朝食を食べ終えた私は、正午ごろになるとかなりの空腹を覚え、パーラメント通り近くの会員制クラブで昼食をとることにした。
五、六人が喫茶室にいたが知った顔はなかった。「今日は誰も来ていないな」そう思った瞬間、財務省勤務のダンバーズが飛び込むように入ってきた。ダンバーズなら何か知っているに違いないと思い声をかけた。すると、彼は所属する篤志隊が午後一時に移動を始めると聞き、急いで何か食べようとこのクラブに来たのだという。彼の話では敵の大軍がハリッジに上陸したらしい。それで付近に集結していた英国軍をさらに増強すべく、ロンドンの連隊に出動命令が出たそうだ。その話は、街中で飛び交っていた雲をつかむような噂話とは違い信憑性があった。そして昼食を食べ終えた私たちが、外に出ようとしたところ、財務省の使いが駆け込んできた。
「ダンバーズさん、長官からの伝言です。職員は例外なく省内に留まれとのこ

***インコンスタント艦**　一八六八年に建造されたばかりの当時世界最速を誇った軍艦。全長百二一・八メートルで重さ五千八百七十五トン。

とです。行軍には加わらないように」

「くそっ！」ダンバーズは悔しそうに声を上げた。

「これはすべての職員に出された命令かね？」私は尋ねた。

「いえ、わかりません。ですが、おそらくはそうだと思います。今たくさんの使いがクラブやランチバーを片っ端から回ってますよ。こんな多忙な時に人手が減るなどあってはならない、と長官は言ってました。今夜中にバーミンガムへ帳簿を送れとの命令も、ついさっき出たのです」と使いは答えた。

追っ手を警戒し可哀想なダンバーズに声をかける余裕もなかった私は、省庁が立ち並ぶホワイトホールを一瞥してから全力で駆け出した。そしてウェストミンスター橋を通ってウォータールー駅まで一気に走り切った。

第五章　トラバースの妻

朝の駅前の様子は騒がしかったが、これが昼過ぎになると物々しくなってい
た。列車は通常運行をすでにやめ、駅とその周辺は兵士で埋め尽くされていた。
兵士の中には近衛兵や砲兵隊員も混じっており、山のような装備品を携行した
兵士たちが部隊ごとに整列していた。規律がその場を支配していたものの、高
揚感や情熱は感じられなかった。事態はすでに深刻になりすぎていたのだ。ど
の兵士の顔にも「まさか！」という共通した表情が読みとれた。「ありえない」
とか「馬鹿げている」などと一顧だにしなかった火急の事態が本当に来てしま
った、とでも言いたげな表情だ。苦々しい顔つきをした兵士たちだったが、不

利な状況でも義務を全うしよう、そんな決意の表情も読みとることができた。このように兵士を観察していると、衛兵たちを満載にしたギルフォード行きの列車が発車しようとしているのに気づいた。この列車はサバトンで停車するそうだ。「ちょうどよかった」と思った。私が所属する隊が徒歩でキングストンからサバトン駅に向かうと聞いていたのだ。私と何人かの篤志隊員もその列車に急いで乗った。

サバトン駅では空《から》の客車が側線に入れられていた。それには私の隊が最初に乗り込むことになっていると聞いた。目的地はイングランド東沿岸部だった。兵士を見送ろうと多くの人たちがプラットフォームに詰めかけていたが、その群衆の中には篤志隊の多数を占める新人隊員の姿もあった。入隊して二週間以内と経験の浅い彼らは、私たちより後に列車に乗ることになっていた。おとなしく命令通りに待っていればいいのに、彼らは先発隊の私たちに群がってきた。初めての経験に舞い上がっていたのだ。しかも将校や軍曹たちは忙しくしていたため、その場で指示を与える余裕のある者がおらず、収拾がつかなくなっていた。隊列は乱れ、列車に乗り込むだけでも大変な思いをした。この混乱の中で、私は初めて総司令官の准将を見た。彼は軍人らしい顔つきの人物で、なすべきことを熟知しているのが見てとれた。だが、私たちのような紳士階級の隊員への接し方がわからず、態度が定まっていないようにも見えた。

サバトン駅に着いた時、数日前に買ったオーバーコートとリュックサックが家にあることに気づいた。急げば間に合うかもしれないが、間に合わないかもしれない。列車に乗り遅れては困る。そう悩んでいたら、気の利く新人隊員が「私が取りに行きましょう」と有難い申し出をしてくれた。それで私は彼を待っていたのだが、ついぞ出発の時間になっても戻って来なかった。こうしてレインコートとパイプタバコ入りの袋という装備だけで私は戦場に向かうことになったのだった。

列車の中はひどく窮屈だった。どの個室でも十人もの人間が向かい合って座り、その隙間には三、四人が立っていた。さらにその日の午後はとても蒸し暑く、また、途中停車することも多かった。ノロノロと進むこの列車は、ウォータールー駅に着くのに一時間半近くもかかった。すでに午後五、六時ごろだったが、そこからショーディッチ駅までは徒歩で移動したため、到着したのは午後七時近くになっていた。

駅に着くと、構内ではすでに東沿岸部に送るためのさまざまな物資や弾薬が所狭しと置かれていた。私たちはここで装備品を降ろしたかったのだが、仕方なく駅前の道路に積み上げることにした。ここまでの移動と待機を繰り返し、ようやく飲食のための自由移動が許可された。列車内の窮屈さと暑さで体が参っていたから、私はとにかく飲み物がほしかった。それで友人のトラバースと一緒にパブに入ろうとした時だったが、驚いて足を止めた。トラバースの可愛らしい妻が馬車で駆けつけてきたのだ。私たちのほとんどはサバトン駅で家族や友人と別れたが、彼女は幼い息子のアーサーに出撃前の父親を見せようと、自家用馬車を駆ってここまでやってきたのだ。夫のリュックサックとオーバーコートも持ってきていた。さらに彼を喜ばせたのは、鶏肉と牛タンの干物やビスケットに赤ワインが数本入ったバスケットだった。非常時には計り知れないほどの価値がある贅沢品だ。私にも分けてくれると言うので恐縮したのだが、夫妻の気前のよさに甘えることにした。

しばらくすると、はるばるキングストンから徒歩移動してきたサリー第四民兵隊や別の篤志隊も到着した。その頃には、砲兵隊の一部や二個の民兵部隊と一個大隊がすでに駅を出発していたから、構内にも多少の余裕ができていた。そしてついに私たちが乗車する番となった。長い編成の列車が待っていたなか、なぜか出発命令はなかなか出ない。しかし乗車態勢はとっておかないといけないので、駅前の通りで待たざるを得なくなってしまった。

この通りの様子を説明しておこう。まず、人の多さに関してはロンドンでも指折りの繁華街と同程度だった。辻馬車や乗合馬車で渋滞していたのはもちろん、見物人や、果物や慰問品売りの行商、新聞売りの少年など、多くの人間が私たちに群がり、また、伝令係など通りを往来する人々もいて、とにかくごった返していた。さらに、私たちの中には酒を飲みすぎてしまっていた者もいた。特に市民兵がひどかった。おそらく暑さと空腹で酔いが回るのが早かったのだろうが、その騒がしさに周りは迷惑していた。ただでさえこの辺りは砂埃や暑さで耐え難かったのが酔っ払いの喧騒まで加わったものだから、私たちはただ時間が過ぎ去るのを祈るばかりだった。

我が准将が連隊長に伝えた唯一の命令は、「しばらく待機せよ」というものだった。だがその准将もどこかの将軍の命令を伝達していたに過ぎなかったようだ。駅前は次第に静かに、また、涼しくなっていった。准将は兵士たちの手本となるべく、何時間も馬に跨り続けていたが、ついには店から椅子を借りて居眠りするようになった。ある者はパイプを吸い、またある者は眠り込むなど、ほとんどの兵士が歩道に座ったり横になったりしていた。

夜になるとずいぶん過ごしやすくはなったが、何もすることがない。初めは喧騒と軍服姿に興奮していた幼子のアーサーも、だんだん飽き始め、癇癪を起こすようになった。トラバースは家族を気遣い、妻に帰宅するように言った。しかし彼女は「ここまで来たのだから最後までしっかり見届ける」と譲らなかった。夫人の馬車は通行の邪魔になるとの理由で駅から離れた路地に移動させられていたから、トラバースは戸口に腰かけ、妻はリュックサックを敷物にして彼の隣に座った。金色の髪とむちむちした腕を父親の肩に乗せたアーサーは、泣き腫らした顔を彼の胸に当てながら眠っていた。

こうして休息にならない夜を過ごしていると、突然集合ラッパが鳴り響いた。私たちは一斉に立ち上がって命令を聞いた。そこで告げられたのは再びウォータールーに行くというものだった。「東沿岸部に敵が上陸したというのは実は単なる陽動で、本隊は南の海岸に上陸していたのだ」という噂が私たちの間で流れた。事の真相はともかく、この命令には素直に喜んだ。私たちはすでに疲れていたが、移動できることが、いや、ここから出られることが何よりも嬉しかったのだ。出発することになった私たちにトラバース夫人は食事の残りを渡してくれた。それから一緒に馬車を探しに行った。再び目を覚ましたアーサーは、母親の腕の中で機嫌良さそうにしていた。

ウォータールー駅に着いたのは真夜中近くで、そこからの移動も困難続きだった。いくつもの篤志隊と市民兵の部隊が北部から到着していたため、駅とその周辺は人で溢れ返っていた。また、一方では人や物資を満載した列車が次から次へと駅を発っていた。部隊に合流して以来、まともな情報は手に入らなかったし、当初あったはずの私の高揚感は、疲労と睡眠不足のせいですっかりなくなっていた。列車が出発すると、ほとんどの兵士たちが居眠りを始めた。私が目を覚ますと列車はレザーヘッドに到着していた。ここではロンドン方面に向かう乗客たちが南沿岸部からのニュースを伝えていた。私たちが乗っていた客車からは直《じか》に聞こえなかったが、話は車両から車両へと伝わってきた。それによると、敵はワージングに大挙して上陸したらしい。そしてブライトンに駐屯していた部隊が迎撃を試み、明朝にはさらなる攻撃を加えるそうだ。篤志隊が健闘していたという話も聞いた。以上がここで手に入れた情報のすべてだった。侵攻が現実になったのだ。このわずかな情報から考えられるのは、少なくとも敵はまだ撤退していないということだ。つまり私たちは敵と戦闘することになるはずだ。ついに英国を背負って戦う時が来たのだ。

第六章　リース・ヒルの頂《いただき》

停車と発車を幾度も繰り返しながら、列車は明け方ごろドーキングに到着した。ドーキングでは長時間の停車となる予定だったから、車外で体を伸ばすことが許された。一晩中客車に詰め込まれていた私たちにとって、この配慮がどれほど嬉しかったことか。隊員の多くはその自由時間を使って朝食の準備をした。材料は昨晩にショーディィッチ駅前で調達したものだ。しかし食べ物を持ってこなかった仲間もいた。私はトラバース夫人からもらった鶏肉の残りとパンが入った包みをレインコートに入れていたので、一人二人に分けてやった。

外から眺めてみると、私たちの列車の前方にも後方にも、別の車両が停まっているのが見えた。こうして線路は塞がれていたのだ。そして朝八時ごろになるとようやく列車が動き始め、私たちはホーシャムへ向かった。なぜホーシャムだったかといえば、そこにある鉄道の分岐点を敵が狙っているとの噂があったためだ。列車は二時間もかけてゆっくりと進み、そして小さな駅で停止した。目的地まではあと数キロあったが、ここで出た命令は一時降車ではなく降車だった。前日に始まった列車の旅は、こうして終わりを迎えたのだった。駅を出た私たちの旅団は近くの幹線道路で隊列を組んだ。前方には野砲があり、さらに先には別の旅団が控えているのが見えた。司令部の人から聞いたのだが、あの旅団とこちらの旅団を合わせて一個師団を作るそうだ。そしてさらなる待機となった。

ようやく移動が始まった。だが今回は南ではなく北西に向かっていた。方角が違う。もしかするとホーシャムはすでに敵の先兵隊に占領されたのではないだろうか？　すると私たちはリース・コモンまで後退し、進軍する敵を待ち構えてギルフォードかドーキングで側面攻撃するつもりなのだろうか？　そんな憶測が私の脳裏をよぎった。そしてこの考えはすぐに確証を得た。「准将からの情報です」との前置きをした連隊長の大佐が、この推測と違わぬ計画を私たちに伝達したのだった。

　ちょうどその時だった。穏やかな南風に乗って砲声が聞こえてきた。あの戦争が発する音を直接聞いたのは、この時が初めてだった。攻撃は一時間ほどで止んだ。あの砲撃がしばらく続いたことや、それが止んだこと、そして、この一連の出来事がいったい何を意味するのだろうか、と私は考えたが、見当もつかなかった。私にできるのは命令通りに移動を続けることだけだった。

　あの日も前日と同様に蒸し暑く、さらに行軍によって足元から巻き上がる砂埃に窒息しそうなほど息苦しかった。準備のよかった私は、ソーダ水をなみなみと入れたワインボトルを持参していた。ボトルは昨晩夫妻からもらったものだ。しかし、それを取り出したタイミングが悪かった。周りの仲間たちが一斉に群がってきたのだ。ボトルはすぐに空になり、今度は私がひどい喉の渇きに耐えなければならなくなった。こんな状況下で続けられた行軍だったから、私の部隊だけでも気を失って倒れた者が何人もいた。行軍に付いて来られない者も続出した。それで休息を取ってては移動を再開する、ということが頻繁に繰り返された。

ようやくリース・ヒルの頂上に到着した。南イングランドでもっとも標高の高いこの場所は、五十年経った今日でも人気の景勝地だ。私が行軍した時は、長らく続いた日照りのせいで草が茶色く枯れていた。それでも高みから見渡した英国は抜群に美しかった。あれを超える感動的な光景は未だに見たことがないほどだ。そこは爽やかな風が吹く開けた場所で、砂埃が舞う道路からようやく解放されたことに私は安堵した。

この場所に立った私は、初めて自分が所属する師団の全体を見渡すことができた。私の隊はたくさんの入隊者を迎えたにも関わらず、五百人にも満たなかった。だが他の篤志隊にも多くの欠員がいるのが見てとれた。むしろ他の隊の方がより欠員を抱えているようだった。私のところが少なかったのは、ダンバーズを含め、参加を阻まれた多くの政府職員がいたためだ。だが他の隊が少ないのはどうしてだろうか？　低調な篤志隊とは違って、民兵隊はこの師団に五千人近くもいると聞いた。この場所からは自分の師団以上に広く見渡すことができた。他の部隊や、馬車で引いて来たと思われる篤志隊の重火器、さらには王立砲兵隊の数門の野戦砲も確認できた。

心地よい空気に囲まれながら、味方に十分な兵力があるのを確認できた。さらに私たちは丘の上という有利な場所にいる。ここで得られた安心感はとても大きかった。沈みっぱなしだった私たちの士気も自然と高揚したものだ。しかし不安要素もあった。それは、この戦争を指揮する者たちの目標が定まっていないことだ。これは敵への接近を試みないことよりも、敵の登場を待って迎撃しようとする現状にこそよく現れていた。この二日間で侵攻者たちは三十キロ以上も進軍していた一方で、こちら側はそれを食い止める術がなかったのだ。さらに大佐の連隊長以下、私たち篤志隊員には敵の動きがまったく知らされていなかった。そのため隊員の不安は募るばかりだった。用意周到な攻撃計画を着実に実行していく敵軍の姿をどうしても想像してしまう。そして手をこまねいて眺めているだけの自軍とを比較してしまうのだ。これでは、味方への信頼がなくなってしまう。今この瞬間にも敵は着実に進撃を続けているに違いない。快適で静かな丘の上でこの現実に目を向けると、敵に尊敬の念さえ湧いてくるのだった。

のんびりとリース・ヒルで過ごしているうちに日が傾き始めた。日の出から何も食べていなかった私たちは、我慢ならないほどの空腹を覚えていた。配給の食料は一向に届かないし、補給兵の姿すら見当たらない。だが私たちがウォータールー駅にいた時には食料を満載した列車があったのだ。大佐は自分の隊にも配ってもらえるよう、一つの兵站車両をこちらの車両に連結してほしいと願い出たそうだ。しかし、新しくできた管理部署というのが厄介だった。実は、少しずつだが着実に味方を消耗させたのがこの部署だ。これが英国に与えた損害は、敵と同程度だったといってもいい。その場にいた副管理官と呼ばれていた責任者は、自分の仕事は食料品を集めることであり、配ることではないと主張したらしい。彼は本部の許可がなければ何一つ持ち出せないと譲らなかったので、結局、私たちは兵站なしで出発する羽目になった。パイプ葉を持っていた者は火をつけて吸った。実際あのような状況下では、タバコで空腹を紛らわすのが関の山だったのだ。あとで聞いた話だが、市民兵たちは二日分の食料をハバーザックに入れて持ってきていたそうだ。ハバーザックと食べ物の両方を持ってこなかった愚か者は篤志隊だけだった。

私たちが武器を置いて草の上で寝転がっていた間、馬上の将軍は准将や司令官たちを連れて、この開けた土地を隅から隅まで行き来していた。彼らはそうやって場所を変えながら望遠鏡で南の谷の方を覗いていた。また、将軍たちの所には伝令や参謀が頻繁に来ていた。三時ごろになるとホーシャムへ抜ける道路に騎兵隊の小部隊と義勇騎兵の連隊の列が見えた。その隊列は南の方角へ進んでいた。どうやら先兵隊として出撃したらしい。丘の頂上から少し後方にいた私からは、彼らの姿がすぐに見えなくなった。

集合ラッパが鳴ると将軍を囲むように指揮官たちが集まった。そして手短な指示が与えられると、すぐに行進が始まった。今回は民兵隊が旅団の最後尾につくことになった。先頭はまた北に向かっている。なぜ敵と逆の方向に進むのか？　その答えは、噂程度の話だったが、すぐに私にも伝わってきた。なんでも敵はホーシャムの南で二手に別れ、リース・ヒルの両側に位置するライギットとオルダショットを奪うつもりらしい。敵を迎え撃つためにどうやら私たちがドーキングまで後退するのだ。白亜の丘が連なるこの広い丘陵地帯が英国の防衛線だ。すでに大勢の味方の部隊がギルフォードとライギットに集結しており、ドーキングにも援軍が来るそうだ。進撃する敵をこれらの地点から攻撃するのだ。まあ、そのような作戦があるらしい、という程度のことしか下っぱの私たちは知らなかったのだが……。

とにかく私たちはリース・ヒルを下った。行進をしながら、ドーキングからホーシャムへと続く谷間が見えた。そこには線路があり、赤い制服を着た男たちがなにやら作業をしていた。「彼らは陸軍工兵隊だよ。ああやって線路を切断しているんだ」と誰かが言った。

第七章　丘を降りて

足元から舞い上がる砂埃は我慢ならないほどにひどくなっていた。すると、今となっては名前も忘れてしまったが、ある村の緑地に井戸水のポンプがあるのを見かけた。そこでわずかな休憩時間が与えられた。私たちはしこたま水を飲んだ。大きな農園を通りがかった時には、農夫の妻と二、三人の女中が門のところに立っていた。カゴを抱えた彼女たちがパンやチーズを手渡していたから、私も少しもらうことができた。だがあの人数だ。彼女らの手持ちはすぐに底をついたに違いない。ドーキングへの行軍中、私たちが食べ物を手に入れることができたのは、この時だけだった。というのも、付近の農家はほとんどがすでに避難していたからだ。

　ドーキングに着いたのは午後六時ごろだった。街の大通りで整列した私のちょうど向かいにはパン屋があった。すると買い物をする許可が下りたので、その店へ向かった。初めは二、三人のグループで行儀よく入っていたのが、次第に我先にと駆け込む者が現れ始めた。ついに店中は押し合いへし合いの過密状態になり、挙げ句の果てには店の外にまで人だかりができる始末だった。もし配給がまともになされていたなら、兵士も行儀よく順番を守ったに違いない。しかしあまりの空腹で多くが自制心を失っていたのだ。大人しく待っていては自分の分が無くなってしまう、そう恐れた私の連隊のほとんどがこの店に殺到してしまった。陳列棚はものの二、三分で空になったに違いない。店側には申しわけないが、支払いなどする余裕もなかった。すし詰め状態だった店内では、ポケットから財布を取り出すことなど不可能だったのだ。

　こうした一般の隊員と同じように振る舞う者は士官の中にもいたくらいで、連隊長がこの騒ぎを収めようとしたがとても無理だった。ある参謀が馬で通りかかった時のことだ。彼は人だかりに阻まれ、なかなか先に進めなかった。すると誰かが彼を乱暴に押したのだった。激昂した参謀は、「兵士らしく振る舞え！　お前らは蛮族か！」と私たちを怒鳴りつけた。「ああ、提督。いけませんよ。貧しい男と食料の間に割り込んではなりません」と隊員の一人だったディック・ウェイクが笑いを誘うように言い返した。

見習い弁護士だったディックを私たちは「生意気な若造」と呼んでいたが、実際はとても心根の優しい青年だった。このディックの一言がきっかけとなり、周囲の者たちも参謀を野次り始めた。たくさんの人から揶揄《からか》われた彼の怒りは頂点に達し、その矛先はディック個人に向けられた。

「従卒！」と後ろにいた騎兵を呼びつけた彼は、「この男を憲兵隊長のもとに連れて行け」と怒鳴った。

この突然の出来事に驚いた馬上の連隊長は、ただあっけに取られていた。すると参謀は連隊長に向かって続けた。

「連隊長殿。戦闘もまだ始まっていないのに、自分の部下が撃ち殺されてもいいのですか！　あなたと士官とで、こいつらをもう少し人間らしく躾けてください！」と叱った。

事態はもはや取り返しのつかないところまで来ていた。だが、運よく准将が現れたことで風向きは一変した。彼は私たちの隊を町の向こうの丘へ移動させることで、その場を丸く収めたのだ。とても気落ちした様子のディックだったが、准将に助けられたことを喜んでもよかったくらいだ。もしも、助け舟が出なければ、軍曹の馬尻に引っ張られ、連行される羽目になっていたのだ。私たちはあの参謀に腹を立てた。しかし、それと同時に自分達の振る舞いにも恥じ入った。あのような騒ぎを起こした張本人は私たちだったのだ。乱暴な言葉を浴びせられたことに怒りを覚えつつも、当然の報いを受けただけだと反省した。こうして怒りや自省を経た後で、あの騒ぎを沈めることができなかった連隊長への不信感が芽生えた。彼は人のいい性格だった。あの騒ぎの翌日には勇敢な姿も示してくれた。だが隊員から好かれようと腐心しているのが見え透いていたのだ。好かれることと、率いることには根本的な違いがあることを彼は理解していなかったのだろう。

行進が再開された。野営を設けることになっていた丘の頂上に近づくと、嬉しい知らせが舞い込んできた。なんでも兵糧を満載した列車が駅に到着したそうだ。しかし食糧を受け取る段階になると、ある問題に直面した。荷車がなかったのだ。結局は一部の兵士たちが疲れを癒せぬまま取りに行くことになった。せっかく登った丘を降りた彼らは、食べ物を両腕に抱えて戻ってきた。パンやラム酒、紅茶や肉の塊などがあった。嬉しいことに全員で分けても食べきれないほどの量だった。しかしここでまた別の問題が生じた。この連隊には鍋ややかんなどの調理器具がまるでなかったのだ。肉を生のまま食べるわけにもいかない。これは末端の私たちだけが直面した状況ではなく、連隊長をはじめ士官たちも同じだった。彼らには食器類や給仕など、すべてが揃った普段通りの夕食が手配されていたはずだったが、それら何一つとして準備される気配はなかった。結局どうやって彼らが食事をしたのか私は知らない。

町で役に立ちそうなものを調達するために、私を含め何人かが使いに出された。通りは大砲や荷馬車、馬に跨った将校たち、そして私のように買い物をする隊員らで溢れ返っていた。また、通りに面したすべての建物も兵士でいっぱいになっていた。私たちは店を回ってやかんやシチュー鍋を何個か手に入れることができた。そのついでに私は自分用に革のショルダーバッグも買ったのだが、これが後々とても役に立った。こうして買い物を終えると、頂上の野営地へ向かった。途中で濁った小川を見つけた。あまり飲用に適しているとは思えなかったが、それより上には水場がないことを知っていたから、仕方なくそこで汲んで持って帰った。

長い行軍が続いたことで疲れ切っていたし、さらには買い出しのために町まで片道数キロもの距離を歩く羽目になった私たちだった。それでやっとの思いで野営地に戻った時には、すっかり食欲がなくなっていた。想像に難くないとは思うが、その時の食事は粗末なものだった。調理といえば切った肉をお湯で煮ただけだったし、フォークがないから手摑みで食べた。ただ、あの水で入れた紅茶だけは格別に美味しかった。ひどく喉が乾いていたから何リットルも飲み干したよ。

日が落ちる直前になると旅団長が副官を連れて私の隊にやってきて、連隊長に見張りの兵の配置について指示をした。歩哨の位置はこの軍の前線の少し前、丘の斜面を下りた辺りだった。しかしなんのための見張りだろうか。丘の麓にはドーキングの町が広がり、そこには味方の兵士が大勢いたのだ。見張りなど要らないだろうと私は思ったが、それでも用心するに越したことはない。さらに両翼の連隊同士が連絡を取り合えるよう、衛兵と歩哨を隊の左右にも配置することとなった。

この丘全体が美しい木々に覆われていたから薪は豊富にあった。だが小型ナイフしか携帯していなかった私たちは、枝を切り集めるのにかなりの時間と労力を使った。この作業を終えて、ようやく就寝時間となった。私の隊にはこれ以上の任務はなく、また、安眠を妨げるような人間もいなかった。それに森の中にいたことで安心感もあったし、なにより私は疲れ切っていた。だが一向に眠れなかった。神経の緊張が続いたことや、不慣れな環境にいたことが、その一因だったのだろう。また、起きていた時は暖かいと感じた気温も、いざ寝ようとすると肌寒かった。毛布がなかった私が代わりに使えたのは濡れた薄手のレインコート一枚だけだったから、横になっていると体がすぐに冷え始めてきた。コートが濡れていたのは、日中の行進でかいた大量の汗がまだ乾いていなかったからだ。ただそれはまだましな方で、中の服はびしょ濡れだった。夜が明ける前になんとか一眠りすることはできた。だが、あまりの寒さにすぐ目が覚めてしまった。眠っていた時間はわずかだったと思うが、体の芯まで冷え切っていたから、震えが止まらなかった。眠るのを諦めて起き上がると、仲間が焚き火を囲んでいるのが見えた。その輪に入って火の暖かさを感じた時はどれほど嬉しかったことか。

南の方角に目をやると、正面の丘にもまばらに炎が上がっているのに気づいた。「敵陣だ」と私はすぐに決めてかかったが、「奇襲の心配はない」と別の隊員が教えてくれた。あの辺りは味方の正規軍の後方部隊がしっかり守っている場所だったそうだ。

第八章　さらなる援軍

夜明けとともに連隊の起床ラッパが鳴り響いた。そして整列の後には点呼が始まった。だが二十人ほどの欠員があった。前日に倒れた者たちが離脱していたのだ。おそらく夜のうちに列車でロンドンに運ばれたのだろう。三十分も直立不動の姿勢を続けたところでようやく准将が登場し、「武器を置いて楽な姿勢で立ってよい」と負担を軽くした。しかし、それからさらに三十分も訓令が続いた。これが終わると、急いで朝食の準備をしながら、同時にその日一日分の食事も作った。すでにやかんとシチュー鍋が揃っていたことを除いては、昨晩とまったく同じことが行われた。

食事後に休憩時間を得た私たちは、辺りを見に出かけた。ここでもリース・ヒルの時のようにイングランドでも指折りの美しい景色を一望することができたのだ。私の隊はギルフォードからドーキングまで続く丘の末端にいた。末端といっても、ここはメドウェイからオルダショットまで続く白亜の丘陵地帯の半途なのだ。私たちがいる丘が東に途切れた先には、谷沿いを北に伸びる小川がある。この小川はモール川と呼ばれテムズ川へと通じている。私たちは野営地を抜けて、東の丘の斜面に出た。そこは貴族の狩猟場らしき場所で、その北東に目を向けると、この狩猟場の母屋である豪華な別荘がある。ここを我が師団は本部としていた。この建物は高い丘の末端に位置し、そこから傾斜が急になっている。谷底には東西の丘と平行するように鉄道と道路が通り、ギルフォードとライギットを結んでいる。邸宅の正面からおよそ二・五キロほどの距離だろうか、その平地にはドーキングの町がある。さらにこの町の向こうには、木々が生い茂るなだらかな裾野があり、これがリース・コモンまで広がっている。そこは私たちが昨日陣地を構えた場所だった。ドーキング市街の中心部は、私たちから向かって前方の右寄りにあり、市街地から東に広がる町の郊外がほぼ正面に位置していた。その奥にある小さな駅からは、草木が点在するなだらかな斜面がこちらに伸びてきている。そしてこの駅を囲むように大きな家々が建っていて、一、二基の水車も見えた。

　いくつもの家の池泉が鏡のようにきらきらと朝日を反射していた。私のすぐ左手には庭園があり、そこから谷へと急傾斜が続いている。その谷を流れるのはさっき言ったモール川で、エプソムからブライトンを通る鉄道のようにほぼ南北に走り、ギルフォード＝ライギット線と直角に交わっている。その交差する点の近くにはあの小さな駅がある。昨日停車したエプソム＝ライギット線の駅だ。そして東側の谷の向こうに白亜の丘が続いている。末端があの谷を見下ろすようにそびえる隣の丘は、ボックス・ヒルと呼ばれる。これは低木のボックスウッドが丘を覆っているためだ。急峻なこの丘の頂上には味方の軍がいた。背の高い草が生える斜面が南に伸び、その正面には川がある。さらにこの辺りには隠れる場所もないことから迎え撃つにはうってつけの陣地だった。ボックス・ヒルはまさに天然の要塞といっていいほど守備に有利な丘なのだ。ここに陣取った我が軍が優勢であることは歴然としている。しかし欠点もある。それは谷間だ。鉄道の分岐点と道路がこの谷間のちょうど入り口にあり、そこは小さな丘になっている。また、建物と庭が点在していることから、隠れることもできる。一つの可能性としては、この場所が戦闘の重要地点になり得る。だがそこを占領されたとしても、我々が丘を守り続ける限り、敵は持ちこたえられないだろう。ただし敵が谷間を前進すれば、こちらの軍を分断することができる。まあ、当時の私が冷静にドーキングの地形を観察していたとは思わないでほしい。状況を思い返して分析を付け加えているだけだ。あの時はこれほど有利な場所に陣地を構えたことに、隊の誰もが感心していたのだから。

だが地形よりも私の関心を引いたのは、美しくて厳粛な風景だった。小さな町は青い霧に包まれ、家々の輪郭が霞んで見えた。それに大きくて生き生きとした木の葉、太陽に照らされた大木によってできた瑠璃色の影、南の谷の斜面に密集してそびえ立つ木々は圧巻で、あたかも森が原始の姿を留めているかのようだった。景色に心を奪われた静かなひとときと、それから起こるあの出来事。この二つはあまりにも対照的だった。

卒倒するほど強烈な後悔を味わったあの日を、私は昨日のことのように覚えている。屈辱的な敗北を喫するのが確実になってしまった「ドーキングの戦い」のことだ。あの悲劇は容易に防げたはずだった。国の指導者たちがもう少し強ければ……、ほんのわずかな先見性があれば……、人並みの常識があれば……。ぶつけようのない悔しさが込み上げてくるよ。そんな政府に従順だった国民の愚かさをたとえるなら、それは童話に出てくる乙女のようだ。これほどの徹底的な破滅など本来起こり得るわけがない。ああ、すべてが遅すぎたのだ！

あの時私が見ていた美しい風景が凄惨で醜いものに変わるまでには、かなりの時間があった。疲労で落ち込んでいた士気もすっかり回復し、野営地は活気に満ちていた。腹を十分に満たした私たちは、大集結した軍隊を見て勇気を奮い起こした。大袈裟ではなく「我が国の守護者になる」という希望にだれもが胸を膨らませていた。

私たちの背後の斜面からは、篤志隊や民兵隊、騎馬隊や狙撃部隊などが続々と登って来ているのが見えた。聞いた話によると、北にいた彼らは昨晩の内にレザーヘッドに到着し、日の出とともにここまで行軍してきたらしい。さらには谷沿いの駅に停車した長い車列の客車から、たくさんの篤志隊員や民兵隊員が降りてきた。彼らの一部は左右の丘に向かったが、ほとんどが私たちの陣地後方の斜面に結集していた。このように兵を増員していたのは三個師団からなる大きな軍隊を作っているからだと聞いたが、私が所属する師団以外の二つがどのような編成になっていたかは知らなかった。

いつ戦闘が始まってもいいよう、私たちは急いで朝食を済ませた。だが戦闘は始まらない。時間を持て余していた。積み上げられた武器の傍らで立っている者もいれば、座っている者もいた。さっきお前たちに話した兵士が大集結する様子は、私がその時に地の利を活かして、じっくりと観察したものだ。

兵の増員を見たのはこの時だけじゃない。少し遡ること、あの日の早朝にも目撃した。兵士を乗せた列車がギルフォードの方角から谷沿いの線路を通過し、私たちの眼下にあった小さな駅に停車すると、列車は兵士たちを続々と吐き出していった。私たちの師団の援軍だったわけだ。彼らをしばらく眺めていると、赤いコートを着た正規兵たちが熊の毛皮の帽子を被っているのに気づいた。近衛兵だった。線路沿いを散兵の小隊に守らせて楽隊が演奏するなか、本隊は勢いよく行進した。彼らは私たちの陣地の東側の谷を跨ぐように、つまり、二つの丘に陣取る我々の防衛線をつなぐような格好で停止すると、素早く隊列を組んだ。その隊列の数から三個大隊ということがわかった。

第九章　トラバース夫人の使い

近衛兵の軍団を観察していると、連隊長がやって来て、救護用の荷車を借りてくるよう私に命じた。私の隊には荷馬車がほとんどなかったが、ボックス・ヒルの篤志隊は豊富に持っているそうだ。連隊長の手紙を携え、私は向こうの隊長に会いに行ったが、結局は無駄足に終わった。

帰りに立ち寄った谷間の駅は大混乱に見舞われていた。食糧や弾薬、銃など、戦闘に必要なありとあらゆるものを満載した列車が次々と到着しては、兵士が手際良く荷下ろしにあたっていた。ここまでは問題ない。だが、その積荷を部隊に送ることができなかったから、降ろした物資は増えていく一方で、駅に溢れ返っていた。荷車が足りなかったわけじゃない。それを引く馬がほとんどいなかったのだ。

混乱の元凶は山積みの物資だけではない。「ここが戦場になりそうだ」という噂が駆け巡り、それを聞いた地元の住人たちが避難しようと駅に殺到していたのだった。手荷物を持っていた者もいれば、急いでいたのか知らないが、手ぶらの者もいた。主には子どもと年齢多様な女性たちで、ただ駅に来さえすれば列車に乗れると見込んでやってきたのだろう。だが残念なことに、その駅には乗車許可を下す権限を持つ人間がいなかった。可哀想なことに彼女らは、駅構内でもみくちゃにされながらも得られるはずのない切符を求めて彷徨《さまよ》い続けていたのだった。

その人混みの中には、私の隊の軍医もいた。私と同じように救護用に使えそうな荷車を探しに来ていたのだ。彼は自分の道具がトランク一つ分しかないと嘆いていた。また、トラバースの年老いた執事にも偶然会った。彼は私たちの隊がギルフォードへ行くことを知った女主人から使いに出されたのだった。夫人からの手紙はもちろんのこと、食料や毛布などの必需品に加え、私のリュックサックまで用意してくれたらしい。しかし残念なことに荷車の馬を軍に接収されて、積荷のほとんどをギルフォードに置いてきたそうだ。砲台の牽引用にすると言われて貴重な馬を引き渡した彼が、代わりに手に入れたのは「受領証」と書かれた一枚の紙切れだけだった。その後私たちの隊の場所を突き止めた彼は、抱えられるだけの荷物を抱えて歩いてきたのだ。なんと忠義心に厚い執事なのだろう。

彼はここまでの道中に見たことを私に教えてくれた。ギルフォードでは街に入りきれないほどの兵が集まっていて、そこからドーキングに至るまで、丘の上に隙間なく兵が配置されていたそうだ。夜間には負傷者を乗せた列車がギルフォードを通過するのも目撃していた。どうやらその列車は沿岸部から来ていたらしい。私は荷物の重さによろめくこの老人の負担を軽くしてやり、隊の駐留地まで案内した。

すでに十分すぎるほど配給されていたから、食料品はもはや喜ばれなくなっていた。だが、皿やナイフ、コップなどの道具は有り難がられた。そしてトラバースはというと、案の定、妻からの手紙に歓喜していた。この慰問品の中で、もっとも人気だったのは、意外だと思うだろうが、二部しかない新聞だった。戦闘がいつ始まってもおかしくない状況だったにも関わらず、取り合いになるほどの人気ぶりだった。この心理状態は理解しづらいかもしれないが、日曜日にロンドンを発って以来、私たちはまともに情報を得られなかったのだ。私はひどい渇きを癒すように紙面の文字に目を走らせた。五十年も前に急いで読んだ新聞記事だが、その一語一句のほとんどを今でも覚えている。それほど情報に飢えていたのだ。この二部は同じ新聞の別の日付のものだった。一つ目は敵の上陸が三ヶ所で成功したことを報じた日曜日の夕刊で、悲嘆に暮れた調子の記事だった。内容をかいつまんでいうと、

我が国が不意を突かれたことは認めざるを得まい。侵略者たちは、我々にとって不利な講和の締結を、わざわざ英国内で結ばせ、さらなる屈辱を与えようと強いるだろう。この悪意のある侵略者に対して我が政府が負う明らかな義務は三つだ。それは能《あた》うかぎり最良の条件を引き出すこと、さらなる破壊と流血を防ぐこと、そして、崩壊寸前の経済を救うことである。

というものだ。一方、これが翌日の朝刊になると調子がガラリと変わった。

我々の果敢な抵抗により敵の進軍は止まった。ダウンズ沿岸部には難攻不落の防御陣地が敷かれ、軽率な侵略者たちをはるかに凌ぐ数の兵士が集結している。我が軍の無敵の戦線は沿岸全体に広がり、敵の背後は海であるから、侵略者たちに残された選択肢は、破滅か降伏のいずれかだ。講和などと弱気なことは言わず戦って決着をつけようではないか。白黒つけるべき事柄は一つである。不屈の篤志隊の戦果を英国は焦らず静かに待てばよい。

この新聞社はわずか一晩でそのように語気を強めたのだ。これが士気を鼓舞するための巧みな説得だと割り引いて考えても、一貫性のなさには閉口してしまう。というのは、同じ新聞の別の記事には、政府がバーミンガムに兵器工場を新設するため、ウリッジから五百人もの人員を送ったという記事があったからだ。ウリッジといえば英国唯一の武器工場がある場所で、「難攻不落の防御陣地」が敷かれたのはその玄関口であるダウンズなのだ。つまり、そこでの勝利を確信しながらも、その筆はダウンズが陥落するのに備えていることを伝えていたわけだ。

第十章　篤志隊の意義

休憩時間が終わると、配置変えの命令が出た。移動を終えると、今度は次の移動命令が出された。それから位置を変えては、その数分後に別の場所に移るということが繰り返された。丘を登って右手に移動したり、そうかと思えば、今度は下って左手に移動したりするなど、次から次へと出される指示に私たちは振り回された。大砲がゴロゴロと動き回る音が絶え間なく鳴り響き、伝令たちは忙しそうに往来していた。そして、ようやく全軍の態勢が定まった。皆が武器を手に整列し、楽器隊が演奏し始めると、部下を引き連れた将軍が現れた。あの朝は頻繁に移動していたので何度も将軍の姿を見かけたが、態勢を整えた今回は、閲兵式さながらに威厳を込めて私たちの前に登場したのだった。

将軍は細身の長身で、髪は長いブロンドだった。背筋を伸ばしてしっかりと馬に跨り、颯爽と隊列の前を走る様は若々しく、少し離れたところから見れば二十代半ばの青年に見間違えるほどだった。だが、おそらく五十年以上の軍歴があるのだろう。そしてかなり高齢になってから軍功で爵位をもらったに違いない。彼の胸元は隙間がないほどたくさんの勲章で彩られていた。胸元だけではスペースが足りなかったらしく、ネックレスのように首からもぶら下げていた。また、他の将軍と同じく、彼も青い軍服と羽根付きの三角帽という装いをしていた。精密銃撃や砲撃が可能になった現代だ。そんな派手な格好をしていては敵のいい的になるだけだろう。

この総司令官はちょうど私たち連隊の前で立ち止まり短い演説を行った。

篤志隊は女王の近衛兵にも次ぐといっていいほど重要な戦力だ。その評価が間違いないことをこの戦場で証明してほしい。そして英国人の名に恥じない勇敢さを諸君に期待している。ここが攻略不能の陣地であるのは誰の目にも明らかだ。正しく守ればそれで十分である。敵に砲撃を見舞ったのちに突撃命令が下されるから、それまではじっと待つように。何より大事なのは臨戦態勢を解かないこと。

内容はざっとこんな感じだ。この演説が終わると私たちは一斉に歓声を上げた。そしてその鳴り止まない喝采の中、将軍は連隊長と握手を交わして、近衛兵がいる師団の方へ去って行った。

「戦いがいよいよ始まる」みながそう感じた。しかし、そんな私たちの気持ちとは裏腹に、敵が現れる様子は一向になかった。蒸し暑い空気の中、次第に霧が立ち込めてきた。眼下の町がぼんやりとしか見えないくらいに視界が悪くなった。その向こう側に広がる丘に至っては、もはや輪郭すらわからない。将軍の演説が終わってしばらく経つと、隊員たちの緊張感も薄らいできた。「何より大事なのは臨戦態勢を解かないこと」という訓令はもはや他人事のように思えてきた。この間延びした雰囲気は隊全体に広がり、とうとう「武器を下ろしてよい」との命令が聞こえた。さらには「水を飲みに十数人のグループで麓の小川に行ってもよい」という許可まで出る始末だった。

ドーキングの町はすでに見捨てられていた。この小川の両側には生垣と土手があり、その土手に沿って散兵たちが配置されていた。ここが防衛の最前線になっていたのだ。土手を盾にできるこの場所は防御線を張るのにはうってつけに思えた。しかし、その反面、いったん敵に奪われてしまえば厄介になるだろうとも思った。

丘を下っていると、町の方から隊列を組んだ兵士が近づいてくるのが見えた。塵や埃を被っていて軍服の色がわからなかった私は一瞬、「敵が来た」と勘違いしてしまった。町の向こうの丘で焚き火をしていたのを私は前の晩に見たが、小川に向かっていた彼らはその陣地の後衛部隊だったのだ。それがこちらの丘に退却していたのである。私たちが小川に到着すると、ちょうど歩兵の大隊が水を飲んでいた。彼らが休憩していたのはほんの数分だったが、私は二人の士官と話ができた。なんでも敵が上陸してきた時に交戦したのは彼らの部隊だったそうで、その時の様子を教えてくれたのだった。それをかいつまんでいうと、次のようだった。

味方の攻撃は初めからバラバラだった。もし、適切なタイミングと適切な兵の運用をしていたら、簡単に撃退できたはずだが、まるで統率が取れていなかった。篤志隊は大層勇敢に突撃したが、ただ勢いに任せていただけだったし、それは民兵隊も同じだった。結局迎撃は失敗し、こちらはたくさんの死傷者を出してしまった。

トラバース家の使いがギルフォードで目撃した列車に乗っていたのは、その時の負傷者だったのだ。士官たちは私たちの隊の編成について熱心に尋ねた。しかし衛兵が唯一の正規兵だとわかると「悪い予感がする」とでも言いたげに首を横に振った。

こうして話をしていると、別の士官も加わった。髭がなく浅黒い顔をした彼は、奇妙なほどに真剣な眼差しで私に話しかけた。

「君は篤志隊の隊員だね。そうだろう?」

こう早口で尋ねた彼の目は見開いていた。

「あの、ちょっと聞いてほしいんだ。いや、君に嫌味を言いたいとか、不快にさせたいとか、そういうわけじゃないんだけど、言わせてほしい。君のような紳士階級の人間は家に帰ってくれると助かるんだ。戦場に残るのは俺たちだけで十分なんだよ。はっきり言わせてもらうが、君たちがいない方がはるかに戦いやすい。君たちの助けは本当に要らないんだ。俺たちだけで戦った方がずっとマシなのさ。いや、喧嘩を売ってるんじゃないよ。ただ正直な気持ちを伝えたかっただけなんだ」

こう言い終えた彼は、私の返事を待つこともなく、また、同僚が引き止める間もなく、憤然とした足取りで去っていった。士官たちは彼の非礼を詫びてくれた。彼らが言うには、同じ連隊にいた彼の兄弟が日曜日に戦死したそうだ。それに行軍の疲労や日差しの影響で頭が少し混乱しているのだろう、とも言い訳をした。罪滅ぼしのつもりだろうか、謝罪の言葉の後で敵の情報も教えてくれた。それによると敵の先兵隊はもう目前に迫って来ているらしい。しかし戦いがすぐに始まるというわけではなく、その様子から、さらなる援軍を待っているようだったという。敵の態勢が整う正午ごろに、大きな攻撃を仕掛けて来るだろうと彼らは予想していた。

「戦闘が始まる」そう覚悟した私たちに緊張が走った。しかし正午をとっくに過ぎても攻撃が始まる気配はまるでない。それどころか、もう三時近くになった。敵の襲来を待ち構えていた私たちの緊張の糸はすでに切れていた。今回のことといい、いったい何度戦闘の開始を覚悟したことか。かれこれ十二時間近くも丘の頂上で敵を待っていたのだ。伝聞ばかりで、未だに姿も見たことがない敵軍だ。実は侵攻自体が大掛かりな嘘で、本当は敵など存在しないのではないか、という疑念さえ頭をよぎった。ここで陣地を張ってからというもの、味方の数が増えたことと、ブライトン・ダウンズから転退してきた士官から篤志隊の評価を聞いたこと、それ以外に意味のある出来事は起こらなかった。緊張感のなくなった私は草の上に寝そべった。周りにいた仲間といえばパイプを吸ったり、パンを食べたり、さらには熟睡したりする者さえいた。

第十一章　最初の交戦

間延びした私たちを一変させる出来事が起こった。こちらの丘から大砲が放たれたのだ。あの大きな別荘の近くからだ。大砲の発射音を聞いたのは人生で初めてだった。その甲高く恐ろしい轟音は、五十年経った今でも耳に残っている。そしてこれが私たちの日常となるのに、そう長くはかからなかった。

最初の音に飛び上がった私たちは無言のまま腹這いになった。そして手にはしっかりとライフルを握っていた。前方の隊員たちは、近づいてくる敵を捕捉しようと目を凝らしていた。あの一発が戦闘開始の合図だったのだろう。間もなく味方の大砲が一斉に火を噴き始めた。どこを狙っていたのか私にはわからなかったが、それは砲撃手だって同じだったに違いない。すでに話した通り、あの日は朝から霧が立ち込めていた。しかも大砲の硝煙が煙幕のように丘全体を覆ったのだ。そのせいで攻撃が始まると瞬く間に視界が悪くなった。私は自分の隊の仲間まではかろうじて見えたが、それが限界だった。隊のすぐ隣にいた砲手など、もう誰が誰だかまるでわからない。彼らが右手の斜面で構えていたのは知っていたが、わずか数人のおぼろげな影が見えるという程度だった。

味方の砲撃はおそらく二時間近く続いたと思う。だが敵からの反撃は一切なかった。こちら側が一方的に弾薬を消費していただけだったのだ。砲手は騎馬砲兵たちだったが、馬に乗るのは重い大砲を運ぶ移動中だけで、いざ砲撃となれば馬を降りる。彼らは猛烈な勢いで発射したり装塡したり、砲弾を持って駆け上がったりしていた。その背後では馬上の指揮官が双眼鏡で霧の中を覗きながら、悠然と行き来していた。一、二度攻撃を中断することはあった。立ち込めた煙を消して視界を確保するためだ。だが、あまり効果はなかった。こんなことを二時間近く続けた一方、敵は一発も撃ち返してこない。私の隣の隊列にいたディックは、「こんな感じで戦闘が続くなら、控えめにいっても、軍人は楽な仕事ですね」との感想をもらした。

彼がそう言い終えた直後、小銃の短い音が聞こえてきた。味方の散兵がいる前方からだった。そして、すぐに私たちの頭上にも弾丸が飛んできた。弾の一部は足元の地面にも突き刺さった。この状況で縦に隊列を組むのは危険だったから、横に広がることになり、各隊員が指示された場所に再配置された。左手から伸びる谷間と小道は、丘と並行にほぼ真西、つまり私たちの戦列に沿って伸びていた。その小道には高さ一・二メートルほどの分厚い土手があり、連隊の大部分は幸運なことにその背後に配置された。しかし大部分であっても全体ではない。土手はある地点から戦列よりも後ろに逸れており、連隊の右翼までは隠し切ることができなかったのだ。この右翼は開けた草地に配置されることになった。だがそばの土手は一部が切り開かれ、人の出入りが可能だった。また、この日の午前中には銃撃用の空間を確保するため、私たちが小道の低木を伐採することになっていた。ただ伐採に使える道具を隊は持っていなかったから、結局工兵が来て作業をやってくれたのだった。

私が配置されたのは草地だった。そして私の右側には、先ほど話した騎馬砲兵隊が陣取っていた。そこには大隊の一団も加わり、また、追加の大砲も用意されていた。さらには数え切れないほどの民兵隊と篤志隊も援軍に来ていた。その戦列は本部がある邸宅にまで伸び、強固な防衛線を張っていた。だがこれは敵の砲撃が始まる前の陣形に過ぎず、その後どうなったかは知らない。

ついに敵が砲撃を始めた。発射地点はわからないが、弾は凄まじい勢いで私たちの頭上を通り過ぎ、そしてすぐに着弾したとわかる轟音が響いた。ついに本当の戦闘が始まったのだ。だが戦闘がどのように行われていたのか、私には皆目見当もつかなかった。攻撃の応酬が長時間続いたような気もするが、冷静に思い返せば、たった数分間の出来事だったに違いない。

砲兵たちが見えない敵に向けて一生懸命弾を発射する、鈍い音とともに誰かが倒れる、すると三、四人が負傷者を後方に運ぶ、その間だけは一部の砲台が静かになる。私はこの一連の出来事を地面に腹這いになって眺めていた。時間の経過が永遠と思えるほどに長く感じた。騎馬砲兵の後ろで悠長に往来していた馬上の指揮官はすでにいなくなっていた。彼がどうなったかは知らない。ある時、砲手が負傷したか何かで、二台の大砲がしばらく攻撃をやめた。すると、砲兵全隊を統括する将軍が現れた。彼の姿には見覚えがあった。面長の顔に黒い口髭を蓄え、胸元にびっしりと勲章をつけた美男子の将軍だった。彼は砲撃が止んだことに烈火のごとく怒っていた。

「この砲隊の指揮官は誰だ?」と彼は怒鳴った。

「私です。ヘンリー閣下」と、どこからか馬に乗った士官が現れた。

ヘンリー卿は私の正面にいた。背筋を伸ばし立派な軍馬に跨っていた。目を輝かせながら左手を敵の方角に向けた彼は、何か指示を与えようとしていた。その姿は煙を背景に際立ち、はっきりと見てとることができた。また、呼びつけられた若い士官は毛皮の高帽に右手を近づけ、敬礼の姿勢をとっていた。騎乗の二人は隣り合っていた。そして次の瞬間、「ドンッ」と鈍い音がした。すると二頭の馬と二人の騎手が崩れ落ちた。たった一つの砲弾が四つの命に直撃したのだ。数人の砲兵が駆け寄ったが、すでに手遅れだった。二人の将校はほとんど即死だったのだ。

実をいうと、人が撃たれるのを見たのはこれが初めてではなかった。その少し前、敵が砲撃を開始した直後のことだった。地面に伏せていると、金属同士がぶつかるような甲高い音が聞こえた。するとその瞬間、私の横にいたディック・ウェイクの顔が地面に突っ伏したのだ。その上半身は肘で支えられたままだった。いったい何が起きたのかと思い、周りを見渡すと、どうやら弾道の高い砲弾が、彼の頭上を通り越して着弾したようだった。あの時聞こえた金属音は、鞘に収めた銃剣に当たったものだろう。被弾した彼の太ももは、かろうじて繋がっている状態だった。私たちは三人がかりでこの不運な同志を後方に運んだが、足が千切れないように運ぶのにかなり苦労した。

どうにかディックを野戦病院に運ぶことはできたが、彼は出血多量で死にかけていた。軍医が待機していたのは二百メートルほど後方にある壕で、そこには私服の軍医たちも応援に駆けつけていた。トラバース家のウッドもいた。女主人の元に戻らず野戦病院で手伝いをしていた彼は、ここに残って国の役に立つ方を選んだのだ。ディックはまだ意識があったが、恐怖のあまり声が出なくなっていた。私たちはこの重荷を下ろすとすぐに前線に戻ったが、その後は前線と後衛を何度も往復し、ディックのような負傷兵を運ぶことになった。

苛烈な攻撃に晒されていた私たち篤志隊が、他に何をしていたかといえば、ただ腹這いで伏せていただけだった。味方の散兵たちが最前線を維持していたから出番がなかったのだ。防戦一方だった私たちだったが土手があったことで多くの命が救われた。

庇護もなく、反撃もできず、ただ敵の砲撃に耐えていた右翼の私たちにも、ようやく「土手の内側に入れ」との指示が出た。私たちはそこに四列の横隊で潜り込んだ。内側でも変わらず腹這いになっていたが、ここも砲弾が辺りに落ちたり、弾丸が頭上をヒュンヒュンと飛んだりと、敵の激しい攻撃に曝されていた。しかし土手の存在は大きかった。あの熾烈な攻撃にも関わらず、負傷者はほとんど出なかったのだ。私の隊では連隊長だけが土手の外にいた。彼は馬に乗り、外の小道を悠然と往来していた。普段彼に付き添っていた少佐と副官がいなかったのは連隊長の命令だった。彼らは下馬して土手の中に隠れるように言われていたのだ。危険を顧みずその勇気で私たちを鼓舞した連隊長は、岩のように揺るぎない存在に思えた。彼のリーダーシップに疑念を持っていた私たちだったが、その勇敢で冷静な姿を目の当たりにし、すっかり考えを改めたものだ。

安全な場所にいた私は砲撃の音にも慣れ始め、命令どおり地面に伏していることに飽き始めていた。そしてついに好奇心を抑えきれず、土手から少し顔を覗かせてみた。砲煙で辺りが見えなくなっていたことはもう話したが、運の悪いことに、あの時はさらに視界がひどくなっていた。というのも一日かけて成長した巨大な暗雲が立ち込め、私たちの頭上で雷雨となって一気に降り注いだのだ。ほとんど何も見えなかった。あの時の大雨は砲煙よりも濃く、そして分厚かった。それだけではない。割れるような雷鳴と閃く稲光は、大砲の轟音や砲炎をはるかに凌駕していた。

だが霧が晴れたわずかな間、夕陽がスポットライトのように隣のボックス・ヒルを照らした。周囲が煙で覆われたその光景は、あたかも劇の一幕のようだった。そして南に面したあのなだらかな斜面が露わになり、そこは濃紺の人影で埋め尽くされていた。敵の姿を直《じか》に見たのはこの時が初めてだった。その最前線は不規則な陣形だったが、後方はどっしりと安定しており、敵の突撃が底強いのが見てとれた。発砲しては前進する兵士と剣を振りかざして兵士をまとめる士官がおり、敵全体は前進と停止を繰り返しながら、ゆっくりと、しかし着実に目標に近づいていた。一方、味方の軍は頂上の茂みに隠れ、その姿は確認できなかった。ただ、発射炎や、煙が上がる様子が見えたことから攻撃していたのはわかった。

するると、茂みの中から赤い隊列が飛び出してきた。味方の軍だ。発砲する兵士を先頭に、隊列は果敢に丘の斜面を駆け降りて行った。この突撃に敵は立ち止まった。あの安定した敵軍が怯んだのだ。そしてついには我先にと逃亡を始めた。そしてこの劇は、濃霧の再来で突然の終幕となってしまった。私が目撃できたのはわずかな時間だったが、味方の見事な突撃には勇気をもらった。自分の陣地が攻撃を受けた時は彼らのように勇敢でありたいと思ったものだ。

味方の散兵たちが帰ってきた。隣の丘とは違い多くの負傷者を出して撤退したようだ。足を引きずりながら歩く者やそれを助ける者ばかりのこの部隊はもはやボロボロで、戦闘継続が不可能なのは明らかだった。騎兵隊の将校が馬で行き来しながら、散兵の本隊を指揮しているのが見えた。とはいえ、彼らの退却は規律正しかった。時折振り返っては追っ手に発砲し、隊列を保ちながら進んでいた。

この本隊が戻ってからの数分間は何も起こらなかった。だが、雨と霧を突き抜け、ついに銃声が響いてきた。散兵がいなくなった今、あの銃声に応えるのは私たちしかいない。幸運なことに土手に守られたこちらを相手に、敵の弾丸はほとんど効果がなかった。顔を覗かせては射撃し、そして屈んでは装弾する、私たちはこれをひたすら繰り返した。するとと馬で駆けつけた旅団の少佐が攻撃中止の命令を出した。中止したのはわずかな時間だったが、不思議に思い、土手から顔を出してみると、スパイク付きのヘルメットが近づいてくるのが見えた。そして次第にその下の顔や上半身、体全体、ついには敵の全体像が露わになっていった。敵の散兵のほとんどは五列か六列の横隊を組んでいたようだった。だが隊列はバラバラで、各々が少し進んでは立ち止まって狙いを定める、ということを繰り返していた。

ちょうどその時だった。蹄の音を立てながら近寄ってきた准将が叫んだ。

「全力で出迎えてやれ！」

これに反応した私たちは烈火のごとく撃ちまくった。敵も雨霰《あめあられ》としか形容できないほどの弾丸を私たちに見舞った。脱出が不可能なその一瞬一瞬に、私は自分の死を覚悟した。あの場の誰もが装弾と射撃を繰り返すことに必死だったから、左右の仲間に気を配る余裕などなかった。こちらがどれほど損害を受けていたかなど知る由もなかったのだ。そんな状態がどれくらい続いたかはわからない。ただ、あれほどの弾丸が飛び交う状況下では、双方何十分と持ちこたえることはできなかっただろう。そして敵が徐々に後退していくのが見えた。激しい銃撃戦の終わりを実感した瞬間だった。

第十二章　小さな勝利とその代償

敵が後退するのを見るや否や、私たちは大きな勝鬨《かちどき》を上げた。土手に登って追撃を試みようとする隊員もいた。だがすぐに攻撃中止の指示が出た。「なぜ？」と思ったが、理由は直ちに判明した。敵に側面攻撃をしていた左翼の衛兵の大隊が、こちらの正面を横切ろうとしていたのだ。私たちの銃撃も役立ったとは思うが、敵を退却に追い込んだのは、主にあの側面攻撃のおかげだったのだろう。衛兵の隊列は一糸乱れぬ動きで、眼下に広がるなだらかな草地をゆっくりと進みながら射撃していた。パレードを見ていると錯覚するほどの優雅さだった。私はすでに戦争に勝利したかのような高揚感を覚えた。

すると負傷者の救援を求める声が聞こえてきた。必死の攻撃を始めてからというもの、私が隊列を見渡したのはこの時が初めてだった。敵を撃退するためにこちら側も大きな犠牲を払ったことに、ようやく気づいたのだった。すぐ目の前では、職場の同僚のローフォードが倒れていた。彼の額には銃創があった。仰向けに横たわった彼はまだライフルを握りしめていた。一歩進むごとに友人や知人が死んだり、負傷したりしているのに出くわした。わずか数歩先では、トラバースが土手にもたれかかり座っていた。弾丸が肺を貫き、口から血を噴いていた。私は彼を抱えようとしたが、悲痛な叫び声を聞きすぐに手を止めた。それで彼が負った傷が胸以外にもあることに気づいた。太ももだった。弾丸でぐしゃぐしゃになっていたのだ。おそらく土手に上がった時に当たったのだろう。太ももの下には泥水が溜まっていて、これと彼の血が混じり合っていた。

トラバースをこんなところに放置するわけにはいかなかった。私一人でなんとか彼を抱え上げ、野戦病院に通じる小道の門をくぐった。脚をうまく支えられなかったから、私の一歩一歩が彼に激痛を与えたに違いない。トラバースははるかに勇敢な男だが、あまりの苦痛に叫び声を抑えることができなかった。

体格の勝る彼を、私がどうやって運ぶことができたのかはよく覚えていない。だが、負傷兵を運ぶ兵士の列に加わって進んでいた時、間に合わせの担架を持った楽隊員と一緒にいたウッドに運よく遭遇した。そこでようやくトラバースを担架に乗せてもらうことができたのだった。

「窪地に荷車を置いているので、すぐに旦那様をキングストンに送りましょう」と、ウッドが私に言い終えた瞬間、馬で駆けつけた伝令が現れた。

「こんなところでもたもたしてはいけませんよ。列を乱さないでください」彼はそう言って私たちに隊列へ戻るよう命令したのだった。

「しかし、負傷者が踏み殺されるのを放っておけますか」誰かが大声で言い返した。

「まずは敵を倒してからです。みなさん、どうか自分の連隊に戻ってください。ここにいるみなさんは無秩序な暴徒となんら変わらんのです」と伝令は答えた。

彼の言葉はもっともだった。この時、私たちが後方に行こうと丘を登っていた一方、温存兵だった後衛の篤志隊員たちが、支援のために大挙して降りてきていた。それでこの辺り一帯は人でごった返していたのだ。私は急いで自分の持ち場に戻った。急いではいたが、後方の様子も気になり振り返った。そこには、今朝見たよりもはるかに多い、地面を埋め尽くすほどの兵士が集結していた。そして、その巨大な人間の渦から排出された一部は列を組み、衛兵が抜けた穴を埋めるべく前線の左翼へと進んでいた。

この頃になると、小銃による攻撃はずいぶん少なくなっていた。だが、砲撃はこれまでにないほどの激しさを増していた。空気を切り裂くような音が頭上を通過したり、砲弾がそこら中で炸裂したりしていた。正直なところ、私は土手を盾にできる場所に戻ってこれて安堵していた。そしてそこから顔を覗かせると、味方の攻撃の凄まじい戦果を目の当たりにした。戦慄を覚えるほどの光景で、前方の開けた場所では至るところに敵の死体や負傷者が転がっており、数え切れないほどだった。夕暮れ時だったのでそう遠くは見渡せなかったが、勇敢な我が衛兵の熊の毛皮の帽子と赤い外套が向こうの斜面にもちらほらと見えた。その地点までは勝利したことがわかった。

凄惨な墓場と化した草原を見渡していると、准将が歩いて土手の陣地にやってきた。おそらく馬は撃たれたのだろう。彼は大声を上げた。

「敵が戻ってくるぞ！　武器を構えよ！」

私たちは二度目の熾烈な銃撃を始めた。どれくらいの時間が経ったのだろうか。気づくと四、五十メートルほど先に歩兵の分厚い隊列と幾人もの騎馬将校の姿がはっきり見えた。土手に肩まで隠れた有利な私たちが対峙したのは、無防備な敵軍だ。完全に抑え込んでいると思っていた。だがいつの時点からだろうか、私には嫌な胸騒ぎがしていた。

第十三章　白兵戦

「側面をとられた！」と誰かが叫んだ。そして左に顔を向けると、土手を飛び越えて小道に侵食する無数の人影が見えた。すると内側に押し寄せた敵がこちらの隊列に向かって発砲してきた。衛兵の代わりに左翼を守っていた篤志隊は、すでに撃破されたのだろう。敵の歩兵が前線を破って雪崩《なだ》れ込んできていたのだ。私たちがあの直後にどんな命令を受けたか、また、あの局面をどうやって切り抜けたかも思い出せない。次に覚えているのは、私たちがそこから三十メートルほど後退して、なんとか隊列を保っていたことだ。

そんな状況の右翼だったが、左翼はさらに壊滅的だった。逃げまどいながら発砲する無秩序な集団と化していたのだ。土手に沿ってこちら側に向かってくる敵はどんどん数を増していた。私たち右翼は隊列こそ組んではいたが、指揮する人間がおらず、もはや統一した意思など持っていなかった。ただ闇雲に銃を撃ちまくるしかできなくなっていた。連隊長や少佐は負傷して離脱したに違いない。すると、おそらく准将だと思うが、私たちの背後から大声を上げた。

「篤志隊員たちよ！　それでも英国人か！　雄叫びを上げよ！　敵に食らいつけ！　突撃ぃぃーっ！」

その言葉を聞いた私たちは死に物狂いで敵中に飛び込んだ。ある者は先陣を切って駆け出し、また、ある者は先を急ぎ過ぎて私たちが追いつくのを待った。そして肉弾戦が始まった。私は目の前にいた敵兵に銃剣を突き刺した。それと同時に足に鈍い痛みを感じた。私に一撃を見舞われた男は崩れ落ちるように倒れた。両目が飛び出ていた。ほんの一瞬だったが、その顔を見た私は恐怖のあまり目をつぶってしまった。「戦場では獰猛で野蛮だ」などと言われていた篤志隊員にとっても、現実の戦場は直視できないほどに恐ろしかったのだ。

この肉弾戦はすぐに終わり、土手の末端を奪い返すことに成功した。この調子なら土手全体も取り返すことができるだろうと私は自信をつけた。しかしその後はどうする？　指揮官を失った私たちがここを奪還しても、どうせ守り切れない。

土手で隊列を組み直した敵は再び発砲してきた。さらに敵の別の隊が左翼から流れ込んできた。どうしてここまで押し戻されたのかはわからない。私たちはいつの間にか持ち場を捨てて放棄し、右翼の後衛陣地を目指して退却していた。規律を失った私たちはもはや隊列すら組めなくなっていた。左翼と同様、ただ逃げまどう無秩序な群れだった。その退路には左翼の篤志隊も詰めかけていたから、一帯は混乱を極めた。

辺りはすでに暗くなりかけていた。私たちが目指していた丘の頂上には、温存兵の大軍が隊列を組んでいた。だが、その先頭にいた一部の兵が、私たちを敵兵と間違えて発砲してきた。すでに混乱を極めていた私たちだったが、このことでそれ以上の筆舌に尽くしがたい混乱に見舞われた。味方からの攻撃に晒されながらも、連隊の仲間たちは「英国軍だ」と大声を上げながら駆け寄っていった。するとたちまちのうちに、連隊と分隊がごちゃ混ぜになってしまい、隊自体が崩壊してしまった。逃げるのに必死だった私たちは狙いを定める余裕などなく、後ろに向けて残り少ない弾を撃った。混乱に次ぐ混乱があの場を支配していた。敵は谷間に大砲を持ち込んでいたが、もしあの至近距離で、そしてあの混乱の中で一斉砲撃でも見舞われたら、どうなっていただろうか。考えただけでもゾッとする。しかし幸運なことに敵からの砲撃はほとんどなかった。

私たちが丘の中腹でごった返していたため、温存兵の大軍が出撃できなくなっていた。道を開こうと懸命になった一人の連隊長と数人の伝令が「後方に回って道を開けろ！」と、銃声や喧騒をかき消すほどの声で私たちに怒鳴っていたが、誰も指示に従わなかった。ついにある将校が馬で私たちを強引に押しのけて道を作った。そして彼が率いる隊員たちがその隙間に身を捻じ込んだ。周囲の人々に押し潰されそうになりながら進む彼らは、決死の作戦でも行っているかのような表情をしていた。それほどまでに私たち群衆が邪魔になっていたのだ。

この部隊で編成する大隊は、人混みが去り次第、態勢を整えて丘を下るつもりのようだった。私たちの敗走はこうして困難を極めていたが、振り返ったわずかな間に近衛騎兵連隊の姿が見えた。彼らは前線を越えて町に向かって突き進んでいた。無謀だが起死回生を図るのに残された手段が他になかったのだろう。

私たちのところに同じ連隊の副官が合流してきた。あの混乱でいったんはぐれてしまったが、私たちを見て駆けつけてきたのだ。もはやバラバラになってしまったこの連隊だったが、副官はここにいる隊員を、なんとか丘の頂上まで率いて再編すると言った。しかしその途中には人間の洪水となった難所を通らなければならない。そこは敗走する篤志隊や民兵隊に加え、荷車までもが所狭しとひしめき合いながら、本部のある後方の邸宅へ一斉に向かっていたのだった。二キロほどの距離をもみくちゃにされながら進んだところで、副官はこの洪水の外に私たちを連れ出し、そこで隊員たちを小隊に再編成した。「ここに留まるように」と言った後、馬上の副官は上官と旅団の残りを探しに出かけた。

私たちがいたこの場所は、丘の高台よりもさらに高い位置にあり、薄明かりの中でも戦場を見下ろすことができた。砲撃はまだ続いており、両陣営が放つ砲炎も見えた。時折、砲弾は流れ弾となり、甲高い音を立てては私たちの周囲にも飛び込んできた。しかし、小銃の音はここまで届かなかった。

休憩をしながら、初めてあの戦闘を振り返る余裕ができた。戦いが始まるまでの長い時間は期待に胸を膨らませていたが、その期待は戦闘の興奮に取って代わった。自分がいつ死んでもおかしくない状況では、仲間のことまで頭が回らなくなるし、ライフルを持った人間が目の前にいる状況では、どちらが侵略者でどちらが防衛者だとか、祖国や家族のために、などと考える余裕もない。思うに、心理面においてはどんな戦闘でもいったん始まってしまえば同じようなものだろう。

この戦いについて考えを巡らせていると、次第に自責の念が芽生えてきた。こちら側がどれほどの敗北を喫したのかはわからなかったが、ここを失うことが英国にとって何を意味するかはわかっていた。それに、戦局の悪さだけでなく、負傷した仲間たちの容態がわからなかったことにも気が滅入った。

疲労と興奮が和らぐにつれ、肉体的な感覚が戻ってきた。私は白兵戦の時に銃剣で足を突かれた。負傷はそれだけだと思っていたが、左肩の少し下辺りに弾が貫通していることにも気づいた。敵に土手を奪われた時にその辺りを殴られたような衝撃を受けたが気にも留めなかった。だが、あれは被弾したものだったのだ。幸いなことに骨には当たっていなかった。出血は自然と止まり、シャツが傷口にへばり付いていた。それほどの傷を負いながらも、私はあの時まで気づかなかったのだ。

第十四章　転退と混乱

丘陵地帯の至るところから兵士の足音や荷車を引く音が聞こえてきた。これらの音の一つ一つには、今日を生き抜いたそれぞれの物語があるのだろう。そんなことを考えながら私は副官を待っていた。待機していたのは三十分くらいだっただろうか。その程度の時間が私にはとても長く感じられた。というのも、あの場所からは味方全軍の様子が見えたからで、胸が詰まるような光景だったのだ。どの部隊も退却していた。

馬でこちらに疾走してくる副官の姿が見えた。合流した彼の話では、味方の軍はさらに北上してエプソム・ダウンズで態勢を整えるそうだ。私たちもその隊列に加わり、翌朝には自分の旅団を探す算段だという。無数の人間の流れに飛び込むのはできれば避けたかったが、早く旅団に戻るにはこれが最善の判断だった。

隊列の先頭集団に馬で並走しながら、副官はいくつもの断片的な情報を教えてくれた。英国軍は丘陵地帯の戦線をしばらくは堅持できていたが、こちらとギルフォードを結ぶ防衛線の一部、さらには、私たちの正面も突破されてしまい、それら撃破された地点から多くの敵兵が流れ込んできたそうだ。その後はこちらの守備が乱れ、さらにはギルフォード近くの第一軍団も側面攻撃を恐れて引き下がったらしい。丘陵地帯の後衛部隊だった正規兵たちは隊列を整えて明け方に後退することになっていた。一方で私たちは彼らの邪魔にならないよう、できるだけ速やかに移動しなければならなかった。全軍を指揮していたあの勇敢な老将は、戦闘の早い段階で負傷し戦線を離脱したそうだ。さらに近衛騎兵団も大きな損害を受けていた。敵の重装騎兵隊を相手に果敢に突撃したものの、足場の悪い場所に誘い込まれ蜂の巣にされてしまったらしい。このような断片的な情報が、副官から疲弊した私の隊列に浸透していった。負傷した仲間がどうなったかなど誰も知らなかったし、また訊ねる気力もなかった。

重い足取りで行進を続けた私たちがレザーヘッドに到着したのは、真夜中ごろだったと思う。森での行軍が終わり、道路に出たまではよかったが、その辺り一帯の混雑ぶりはあまりにひどく、少し前進するだけでも大変だった。負傷兵を乗せた列車がこの通りの脇を何度となく通過したが、運ばれる幸運に与《あずか》ったのは、ごく限られた者だけだったのだろう。

エプソムに到着した頃には明け方になっていた。嵐が過ぎ去った後で雲一つない空だったから、道中は月明かりだけでも十分に明るかった。しかし、雨でびしょ濡れになっていた私は、体の芯まで冷えてしまっていた。それに、あまり動かなくなった足の痛みに加えて、疲労や空腹まで重なったものだから、いつ気絶してもおかしくないほどだった。仲間たちも私と似たり寄ったりの状態で今にも倒れそうだった。食事といえば、昨日の朝に食べたきりだった。私はパンをカバンに入れていたのだが、大雨にやられて全部崩れてしまっていた。かろうじて残った物といえば、カバンの底でヘドロのようになったパンの残骸だけだ。タバコは水を吸い込み、火をつけることもできない。こんな心許ない状況で私たちは行進していたのだった。

休憩するために副官が道路脇の草地に誘導してくれた。私たちは草の上に身を投げるように横になった。地面が濡れていたが、そんなことは気にも留めなかった。ここで行われた点呼で判明したのは、戦闘前には五百人ほどいたこの隊が、百八十人にまで減っていたことだった。半数以上もいた欠員のうち何人が負傷し、何人が戦死したのか、詳細については誰もわからなかった。昨晩の混乱の中ではぐれた隊員とて少なくなかったに違いない。

ここで休憩していると、たくさんの兵士に紛れて荷馬車が通行しているのを見かけた。すると誰かが「食い物だ！」と大声を上げた。その声にすぐさま反応した私たち篤志隊員は飛び上がって車をとり囲んだ。積荷は本当に食糧だったのだ。御者の兵は人だかりを払おうと躍起になったが、すぐに引きずり降ろされてしまった。この人だかりは略奪し尽くし、荷台をあっという間に空にした。私の戦利品は肉の缶詰だった。銃剣を使って缶を開け、中身を貪った。肉は調理済みだった、と思う。しかしそんなことはお構いなしだった。食べ終えた直後、三、四人の伝令を連れた将軍が通りがかり、私たちの副官と何やら話を始めた。交渉はすぐにまとまったらしい。将軍は私たちのいる草地に来てこう命令した。

「諸君。しばらくの間私の師団に加わりなさい。今通過している連隊と行動を共にするように」

　立ち上がった私たちは二十人ほどの小隊にわかれた。そして再び道路を流れる人の群れの一部となった。連隊や支隊、はぐれた篤志隊員や民兵隊員、それに現地の住民がその流れを作っていた。ある者は荷物を抱え、またある者は手ぶらで歩いていた。そこら中に荷馬車も通っていた。主に積まれていたのは荷物か負傷兵だったが、荷台にわずかな隙間があれば、そこに兵士が身を捻じ込ませた。このように重用されていた荷馬車だが、それが却って邪魔になる場合もあった。馬が倒れたり、荷車が壊れたりした場合だ。実際、これがあちこちで渋滞を引き起こしていた。

　この辺りの道路の混雑ぶりはひどいものだったが、それでも道中の町中と比べればまだマシだった。そこでは傷を負って動けなくなった者や休憩する者、あるいは食料を漁る者など、たくさんの兵士がさまざまな理由であらゆる建物に充満していた。主にいたのは篤志隊員や民兵隊員のようだった。さらには通りも人でごった返していて、空間という空間が飽和しかかっていた。

一、二個の篤志隊の連隊が、おとなしく道路脇に並んで指示を待っていた。彼らは昨夜ロンドンから到着したらしい。私たちのように隊列を組んで退却してきた連隊も、かろうじて秩序らしきものを保っていた。しかしそんな私たちなどは例外に過ぎなかった。他の敗走者集団はもはや暴徒と化していたのだ。一部の士官は秩序の回復に努めていたが、何の役にも立たなかったし、ほとんどの士官は端《はな》から諦めて放置していた。それに正規軍、いや、正規軍の生き残りといった方が適切かもしれないが、彼らはここにはいなかった。まだあの丘に留まって進軍してくる敵を抑えようとしていたのだろう。いずれにしても、この混乱を収拾するには人手が少なすぎた。

多数の負傷兵が何棟もの建物に収容されていた。彼らは昨晩ここに運ばれてきたのだが、敵の手に渡るのを防ぐため、駅へ移すことになっていた。それがこの混乱の中で実行されたのだ。飽和しつつある空間内での大移動だ。荷車が足りなかったから抱えて運ばれた者も多くいた。人混みに押し潰されそうになりながら発する負傷兵の呻《うめ》き声が至るところから聞こえてきた。自分のこと以外考えられなくなっていた私たちでさえ、彼らの苦痛を想像しては身が切られるような思いになった。

私たちは伝令の案内で、ようやく幹線道路を降りた。そしてキングストン方面へ向かう道に出てからは難なく移動することができた。嵐の後だったから気温も涼しく、埃も舞っていなかった。順調に進んでいた私たちは道中のとある村で休憩をとった。ここが休憩場所に選ばれたのは偶然ではなかった。実はこの村にあるすべての居酒屋を軍が事前に接収していたのだった。私たちの司令官となった将軍のおかげである。どの連隊もこの村を通り過ぎる時には小休止が許され、割り当てられた量のビールを飲むことができた。居酒屋の主人に支払いがなされたかどうかは知らないが、その時飲んだビールの味は格別だった。

第十五章　サービトンの高台

村を出た私たちはようやくキングストンが見える位置まで来た。もう午後一時ごろになっていた。二十キロほど進むのに、実に十六時間もかかったのだ。サービトン駅のすぐ南には高台があり、当時はたくさんの家があった。しかしその西端は空き地が広がり、頂上に木々が生い茂っていた。幹線道路を出た私たちが目指したのはその空き地だった。到着すると将軍の命令により隊列を整えた。

師団の中央は南西に向いていた。右翼はテムズ川から取水する給水施設の辺りに配備され、また、左翼は丘の南側斜面に位置し、エプソムに通じる道路に面していた。私たちは隊列のほぼ中央、将軍がいるすぐ目の前に整列した。将軍は高台の頂上で馬を降り、手綱を木に括りつけた。ここで休憩時間となり、疲労困憊していた私たちはすぐ横になった。

ここは丘というほどの高さはなかったが、周囲の平坦な土地を広く見渡すことができた。明るい日差しが反射するテムズ川は銀色の地平に見えた。ハンプトン・コート内の宮殿や、キングストン橋、それに霞がかった町からそびえる古い教会の塔、さらにはその背後に広がるリッチモンド・パークの森まで見渡すことができた。こうした風景に囲まれると、平和で幸せだった日々を思い出さずにはいられなかった。しかしそんな時代は過去のものとなった。怒りに身を任せた英国中の人々自らが壊してしまったのだ。だがそんな責任論をあえて口に出そうとする者は、ここには一人もいなかった。

意気消沈した空気が私たちを覆っていた。これは疲労と衰弱によるところもあったが、それだけではない。もう戦う自信がなくなっていたのだ。敵はこちらに向かって来ている。再び対峙するのは間違いないが、もう戦いたくない。これが偽らざる私たちの本音だった。ここは戦闘に有利な場所であることは違いない。だが、もし敵の攻撃に揺さぶられて戦列が崩れたらどうする？　あの常勝の軍が相手なのだ。この開けた土地では攻撃するどころか、自分の身すら守れない。勝つ見込みのない戦いがこれから始まる、そんな絶望的な気持ちに私たちは襲われていた。

考える時間が長くなるにつれ、今度は祖国の将来や親しい人たちのことが気がかりになった。不安で胸が押し潰されそうだった。ウッドが持ってきた新聞を昨日読んだが、それ以後は情報から遮断されて知る術もなかった。ロンドンでは今何が起きているのか？　政府はどうなっているのか？　そんな情報への渇きは、どれほど疲弊しても増すばかりだった。

ここに来れば食料と弾薬が補給できると将軍は見込んでいたが、期待はもろくも外れてしまった。それで将軍は現地調達する方針に切り替えた。南から退却した私たちのほとんどは、すでに弾切れだったが、ロンドンから合流したばかりの連隊は十分な装備品を持っていた。将軍は私たちの隣にいたこの連隊に、弾丸を分け与えるよう命じ、私も二十発ほど補給することができた。雑用兵の部隊はキングストンへ買い出しに向かい、篤志隊は近くの家々を漁る許可が下りた。一時間ほどすると篤志隊がパンと肉を持って戻ってきたから、少ないながらも全員が食事にありつくことができた。彼らの話では、ほとんどの家が空き家で、すでに略奪されたり、破壊されたりしていたそうだ。

午後三時から四時の間だっただろうか。前方から大砲の音が聞こえ始めた。砲煙が上がっていたのはイーシャとクレアモントの森の中だった。そうかと思うと、何個かの部隊が私たちの高台に向かってきた。敵軍だった。彼らは正規軍の後衛部隊で、大砲も持っていた。斜面の中腹に陣取った敵は三個の砲兵中隊のようだったが、大砲は八門だけだった。さらに砲兵の後ろで隊列を組んでいたのは、一個旅団だった。その旅団は四つの連隊で構成されていた。しかしその数は八百か九百程度と少なかった。

敵との距離をとるために、私たちの連隊ともう一つの連隊が後方に下げられた。するとすぐに、右翼後方にある駅を守るようにとの指令が私たちに出された。ひどく痛む私の足はほとんど動かず、もはや駅までの移動についていくことはできないと思った。さらに左腕は腫れ上がっていて、これもまるで使い物にならない。それでも自分の連隊と別れて、ここに残されるのは嫌だった。最後尾ではあったが、私は必死に足を引きずりながらも駅までの移動についていった。

第十六章　駅の防衛

駅の南側の線路沿いには、煉瓦造りの頑丈な倉庫があった。そこでこの大隊は分けられ、中隊に編成された私たちは倉庫の中を占領することになった。そして残りは周囲の守備にあたった。この建物には参謀もいた。人員の配置をするために駆けつけたらしい。彼の話によると、ここには歩兵隊の援軍が来るそうだった。すると数分も経たないうちに、ギルフォード方面から兵士を満載した列車がゆっくりと向かってきた。兵士を降ろして空《から》の車両が出発すると線路の破壊が始まった。これが最後の列車だったのだ。この新たに合流した兵士たちは、一部が線路の破壊に、そして残りは線路の両脇にある建物に配置された。

私たちの倉庫には、ある軍曹の部隊と工兵を率いた士官が来た。工兵は射撃用の穴を壁に開けるために来たのだが、たった五、六人しかいなかったため、作業はなかなか進まなかった。私たちも手伝いたかったが、役に立つ道具はなんら持っていなかった。

工兵たちの作業を眺めていた私たちのもとに、上機嫌な副官がやってきて、広場に集合するよう指示をした。彼はこんな状況でも陽気さを失わない類稀なる神経の持ち主だ。この広場にはキングストンに買い付けに行った雑用兵たちが戻ってきていた。私たちの分け前はパン屋の小さな手押し車に積まれた溢れんばかりの食糧だった。パンや小麦粉、それに大きな肉の塊が目の前に現れた。調理をする時間も道具もなかった私たちは、他の食糧には目もくれず無我夢中でパンを食べた。広場には食べ物だけでなく水道もあり、存分に飲むことができた。こうして飢えも乾きも癒したことで、私たちは生き返ったような気分になった。元気を取り戻した私は、ひどく悪化した傷口を洗おうと考えた。だがすぐに諦めた。洗うにはコートを脱がなければならなかったからだ。脱ぐのも困難だが、着るのはより一層困難になるだろう。そうなれば、コートを捨てなければならなくなる。

　私たちがパンを貪っていた時、悪い噂が飛び込んできた。これまで聞いたどんなものよりも深刻だった。噂の元も信憑性もわからないが、兵士の間ではかなり広まっていたものらしい。ウリッジが敵の手に落ちたそうだ。ウリッジといえば英国唯一の武器庫だ。その陥落が意味するところは誰もが知っていた。噂が本当ならば、英国にはもう打つ手がない。私たちは思いを巡らせながら倉庫に戻った。

　戦闘を始めてからまだ二日目の新米だった私たちだが、攻撃されるのには慣れていて、もう弾丸や砲弾が飛んできても眉一つ上げなくなっていた。その点だけは熟練の兵に比肩するといってもいいだろう。しかし私たちには軍人ならあって当然の確固たる規範がなかった。まったくの烏合の衆だ。そんな素人の集団が正規兵を相手に勝利を得る可能性など万に一つもないことは、痛いほどわかっていた。

　しかし副官の熱を帯びた鼓舞により、私たちの士気は高まった。戦い抜く意志も強かった。参謀もまた陽気な人物で、勝利が確実だと言わんばかりに上機嫌だった。これも私たちを前向きな気持ちにさせた。敵の砲撃が始まると参謀は、「ここは教会くらい安全な場所ですよ」とか、「しっかり狙って敵に弾丸を見舞ってやろう」、「弾薬がもうじき到着しますよ」などと壁の穴を覗き込みながら声をかけ、私たちを元気づけた。

この倉庫にはベンチや足場があった。それに登り壁の上方から、もしくは下の穴から射撃するという具合に、二段構えの攻撃体制を取った。私はどちらの穴にも近寄らず床に座った。もうライフルを構えることができなくなっていたし、攻撃人員が射撃穴よりもずっと多かったからだ。

倉庫を目がけて飛んできた砲弾はかなり遠くから発射されたものだった。敵が遠すぎてライフルでは届かないし、着弾の振動で射撃態勢を取るのも難しかった。こちらはただ耐えるばかりだった。するとある瞬間、何かが頭に激しく当たり私は倒れ込んだ。いったい何が起こったのかわけがわからず、しばらくの間呆然となった。だがようやく事態を理解した。敵の砲弾が壁に当たった、ただそれだけのことだったのだ。壁の崩壊は免れたものの、衝撃はかなり大きかった。壁際に置かれた足場が倒れ、その上にいた狙撃手たちも落下した。それに、無数の石膏や煉瓦の破片が室内を飛び交った。そのうちの一つが私の頭に直撃したのだ。私はライフルも使えなければ、立っていることすらままならない。座っていてもこのざまだ。何の役にも立たないと痛感した。

「もう家に帰ろう」私はそう決意した。もしかしたら家族の誰かが待っているかもしれない。なんとか立ち上がった私は、よろよろと家の方角に歩き出した。

味方の射撃がようやく始まった。建物の窓から、その後ろの塀から、そして盾として使用したトラックから烈火のごとく弾が発射された。広場では二台の野戦砲が火を吹いていた。その奥の草地には予備隊が集まっていて、馬上の参謀が、双眼鏡で戦闘の様子を観察していた。

「到底守り切れる場所じゃない」味方の陣地を眺めながらそう思ったのは、状況判断できるだけの冷静さが私にもまだ残っていたからだろう。建物や広場を利用した隙だらけの防衛線が突破されるのは時間の問題で、いったんどこかを敵に譲れば、途端に戦列は総崩れとなってしまう。ここは立て直して攻撃を再開できるような場所でもない。一斉退却するのみだ。

第十七章　親友の家

　自宅まであと一キロほどのところに来た。あの体でここまで辿り着けたことに驚きながら、ふと、トラバース家の前にいることに気づいた。この家はキングストンの住宅街の一角にあり、サービトン駅とキングストン駅を結ぶ道沿いに建っていた。「あの忠実な執事が約束した通り、トラバースは帰ることができたのだろうか?」、「彼の妻はまだ家に留まっているのだろうか?」、私はそんなことを考え始めた。そして今までトラバースのことをすっかり忘れていた自分に啞然とした。彼は私の一番の親友だったのだ。昨日負傷したトラバースをウッドに託してからというもの、彼のことが私の心の中からすっかり抜け落ちていた。戦争や苦しみは人を自己中心的にするというが、そんなことは言い訳にならない。「私はなんて薄情な人間なのだ」、と自分を恥じ入った。あの時感じた恥ずかしさは今でも覚えているほどだ。「とにかく彼の家に立ち寄ろう。今は立っているのもやっとだが、少し休憩すれば、一肩担ぐことができるかもしれない」私はそう考えた。

玄関前の小さな庭は、いつものようにきちんと手入れがなされていた。駅に行くのに毎日通っていたから、植えてある木々や花々もすべて知っていた。しかし、いつもと様子が違っていたのは、玄関のドアが少し開いていたことだ。中に入るとアーサーが玄関のホールにいた。あの子は可愛らしい青色の上着を着て、白く短いズボンを履いていた。普段と変わらず小綺麗な身なりだった。靴下の上からはむちむちとした小さな足が見え、金色の巻髪に大きな黒い目をした美しい顔、そんな絵に描いたような幼児がこの玄関ホールに立っていた。花瓶に生けられた花々、壁にかけられた帽子や外套、見慣れた絵画、何もかもが昔のままだった。

私は強いめまいに襲われ、今にも倒れそうだった。朦朧《もうろう》とした私の目の前に広がっていたのは、このような戦争とは無縁の光景だった。思考の整理が追いつかなかった。「ここに来るまでに見てきた大惨事は本当に現実だったのだろうか？」、「すべては悪い夢だったのだろうか？」などと思い始めていた。しかし家を揺るがすほどの砲弾の轟音や銃の連射音が、私の間違いを冷酷に正した。

アーサーは家の外で起きていることを何一つ理解していないようだった。私がこれまで何度となく見たように、あの子は手すりに摑まりながら階段を一歩一歩登っていた。するとアーサーは私に気づいて振り返った。よろめきながらホールに入ってきた私の顔や服は、血と泥で汚れていた。そんな私が何か恐ろしい生き物に見えたのだろう。怯えたこの幼児は叫び声を上げ、今度は急いで階段を降りようとした。しかし、名付け親の私の声を聞くと立ち止まった。そしてアーサーは恐る恐る近寄ってきて、「帰ってからパパは元気がない」、「ママはパパと一緒」、「ウッドは出かけた」、「ルーシーと地下室にいるように言われたけど、ママのところに行きたくなった」という内容のことをしゃべった。

私は「ママの様子を見に行くからここで待っているように」と言い聞かせ、二階の寝室に向かった。ドアを開けると、ひどい状態の親友がベッドに横たわっているのが見えた。その頭はベッド脇の床に座る妻の肩にもたれていた。彼の息は荒く、生命を感じさせるものがあった。だが、その青白い顔やだらんとした腕、妻が拭き取っている口元の粘ついた泡など、それら一つ一つは彼の命が尽きかけていることを物語っていた。あの義理堅い老執事は、見事に務めを果たしたようだ。少なくとも彼のおかげで親友は妻の胸元で死ねる。この女主人は目の前の夫だけを見ていた。ドアが開いたことにも気づかない。この死にかけている男と哀れな妻、二人を残して私は部屋を後にした。「アーサーはここに来ない方がいい」そう思った私は、女中が隠れている地下室にあの子を連れて行くことにした。

だが遅すぎた！　アーサーは階段の下でうつ伏せに倒れていた。小さな腕は伸びきり、髪は血だらけになっていた。外の騒音が大きく、あの子が倒れたことに気づかなかった。おそらく砲弾の破片か何かが開いた玄関辺りから飛び込んできたのだろう。そしてあの子の後頭部に命中したに違いない。即死だったようだ。私はその小さな体を片腕で持ち上げようとした。だが無理だった。あの時の私には、あの子の重みでさえ耐えられなかったのだ。身をかがめたまま気絶してしまった。

目を覚ますと辺りは真っ暗で、自分がどこにいるのか見当もつかなかった。しかし、ただ無心で横になっていたかった私にとって、考えを巡らせることさえ億劫だった。そんな放心状態がしばらく続いたが、徐々に思考が明瞭になってきて、「どこかの部屋のカーペットの上で寝ている」、とか、「戦闘の音はすっかり止んだが、その代わりに大勢の人間が歩く音が聞こえる」という程度のことがわかり始めた。私はまず上半身を起こして立とうとしたが、傷口に張り付いた服を引っ張ってしまい激痛が走った。傷口の腫れはさらにひどくなっていた。だがなんとか立ち上がることができた私は、手探りでドアを見つけた。部屋の外に出ると自分がいる場所が即座にわかった。嫌な現実に引き戻された瞬間だった。私が寝ていたのは廊下の一番奥にあるトラバースの小さな書斎だった。気を失った私がどうやってここまで移動できたのか、皆目見当もつかなかった。

ガス灯はすべて消えていた。居間のドアは閉められていたものの、食堂のドアは開いており、そこから漏れる蠟燭の明かりが玄関ホールをかすかに照らしていた。ホールには五、六人の寝ている姿が見えたが、食堂内にはさらにたくさんの人間がいた。テーブルには皿やコップやボトルが所狭しと置かれていた。ほとんどの者は椅子や床で寝ていて、何人かは葉巻を吸っていた。食事の時間は終わったらしい。だが二人の男がまだ空腹だったようで、ヘルメットをかぶったまま口いっぱいに頬張っていた。その二人が食べ物の隙間から出す外国語が聞こえてきた。

「シロウトドモガ」と、肩幅の広いケダモノが銀のフォークで大きな牛肉の塊を頬張りながら言った。

「アア、ソノトオリ。ニゲアシダケハリッパダッタナ」そう答えた男は汚い両足をテーブルに乗せ、トラバースが大事にしていた葉巻を咥えていた。

「マッタクダ。フランスノヤツラニハマケルケドナ」と最初の男が答えた。

「シャゲキノウデニモワラッタヨ」と別の男が会話に加わった。この男は片肘をついて床に寝そべっていた大柄なケダモノで、醜い顎からモクモクと煙を吐きながら喋った。

「ピーター、オレモドウカンダ。アノバカドモガ、マトモニクンレンシテイタラ、オレタチハココマデコラレナカッタヨ」と最初の男が答えた。
「ソウダソウダ！　クンレンアッテノヘイシダゼ」と二番目の男が賛同した。

　このように惨めな非正規兵の欠点をあげつらう会話はまだ続いていたかもしれない。だが私の注意は別の方へ向かった。階段で物音がしたのだ。音の主は、蠟燭を持って踊り場に立つトラバース夫人だった。私は彼女に声をかけようと足を引きずりながら階段を上がった。この数日間の出来事については、さまざまなことが私の胸に刻まれている。しかしあの時見た彼女の悲痛な表情ほど鮮明に憶えているものはない。わずかな時間に夫と子どものどちらも失った彼女は、白い服を着ていた。蠟燭が照らしたその顔は血の気が引いており、さらに、乱れた黒髪に縁取られて、青白さを一層際立たせていた。まるで墓から這い出てきた亡霊のようだった。悲しみと疲れで消耗し切っていたのが手に取るようにわかる。それでもなお夫人は美しかった。涙が枯れ切った様子の彼女は、落ち着きを取り戻していたようにも見えたが、本当は感情を押し殺していたのだろう。それは震える唇が如実に物語っていた。

　彼女は私の手を取りながら言った。

「あなたのところに行こうと思ってたの。放っておいてごめんなさい。でも許してくれるわよね」そう言いながら彼女はドアの方をちらりと見て「どれほど大変だったか」と付け加えた。

私は「どこに……」と言いかけた。すると彼女は質問に先回りして答えてくれた。

「あの子は父親の横で眠ってる。それよりもあなたの怪我がひどいわね。手当てしないと。青ざめてるじゃない。今にも倒れそう。ここでしばらく休んでて」

夫人が食堂から持ってきたワインを私はありがたく飲んだ。彼女は私を階段の一番上に座らせると水と布を脇へ置いた。そして袖を切って、傷口を洗い、包帯を巻いてくれた。このように彼女に世話をさせる私は、なんと身勝手なのだろう、と自分の無力さに恥じ入った。しかし彼女の親切を断る気力も残っていなかったし、それに私は本当に助けを必要としていたから、ありがたく受け入れるより他になかったのだ。私は傷の手当てをしてもらったことで、言いようのないほどの安堵感を覚えた。

夫人は手当てをしながら途切れ途切れに屋内の状況を教えてくれた。あの寝室と、彼女がウッドと一緒に私を運び入れた書斎以外の部屋は、すべて敵軍に接収されていた。ウッドはそのあとで鉄道の修理に駆り出され戻ってきていない。隠れていた女中のルーシーは、恐怖のあまり家を飛び出し、それっきりだそうだ。しかし調理婦はルーシーとは違いここに留まる選択をした。彼女は地下の貯蔵庫を開放し、侵入者のために食事を作ったのだという。夫人には英語を話さない兵士たちが何を言っているのかわからなかったが、あいつらが粗野な無作法者だということはわかっていた。しかし不幸中の幸いだったのは、侵入者たちがまだ野蛮に徹していなかったことだ。

彼女は傷の手当てを終えると、私に家に帰ったほうがいいと言った。家族が必要としているかもしれないからだ。彼女は寝室の方を見つめながら「そこを守ることだけが私の望みなの」と言った。兵士による陵辱から身を守るための避難場所であり、また、夫と息子の死体が横たわるあの寝室を……。私は彼女の助言に素直に従うことにした。今の私に彼女を守る力はないし、可哀想な母や妹がどうしているかも気になって仕方なかったのだ。それにトラバースとアーサーの埋葬の手続きもしてやらなければならない。私は足を引きずって玄関を出た。

　別れる時に言葉は交わさなかった。私が感謝の言葉を言わなかったのは、それが必要なほど水臭い間柄ではなかったからだ。しかし、同情の言葉すらかけてやれなかった。何も出てこなかったのだ。深すぎる悲しみを癒すのに言葉がいったい何の役に立つというのか。

第十八章　勝者の行進

トラバースの家が面する通りでは、人の大移動が行われていた。また人だけでなく、サセックスやサリーから運ばれてきたらしい多数の荷車も通過していた。それぞれの荷馬車は兵士によって守られていたが、御者が荷主でないことは、その風貌からも明らかだった。彼らは意に反して動員されていたのだ。ガスは灯されていなかったが、その代わりにたいまつを手にした人間が短い間隔で並んでいた。キングストンに通じるこの道路はこうして明るく照らされていた。

たいまつを持った人々は、この役割のためだけに徴用されたようで、中には近所に住む知った顔もいくつかあった。私はふと壮年の紳士がいるのに気づいた。同じ時刻の通勤列車を利用していた顔馴染みだったのだ。省庁の上級事務官の彼は、顔つきから堅物だと一目でわかる、典型的な官僚タイプの人間だった。彼は幅広のクラバットをいつも首に巻いていたんだ。若いお前たちにクラバットといっても知らないだろうが、スカーフとネクタイの中間のような巻き物だ。当時でも相当時代遅れのファッションだったよ。その石頭が厳粛な顔つきで自分の家の前に立って征服者の道を照らしていたのだ。しかも長いクラバットを巻いて。哀れな苦行だよ。そんな姿を不意に見た私は、不謹慎にも笑い出しそうになってしまった。

しかし、いつまでもこの男の小さな悲劇に気を取られている暇はなかった。それよりもはるかに大きな悲劇が目の前を通り過ぎようとしていたからだ。両手を後ろ手に縛られた二人の篤志隊員が、敵の分遣隊に連行されていたのだ。二人は通り過ぎる時、懇願するような目で私を見てきた。かなりの勇気が要ったが、私はこの事態の説明を求めるため、近くにいた敵軍伍長の腕に手をかけた。

「コウシンチュウダ。コノタワケ！」と声を荒げたこの野獣はライフルを振り上げた。しかし、彼はそれで殴る代わりに「捕虜、発砲、死刑！」と英語で怒鳴りつけた。もしも私がその勢いに負けて引き下がっていたら、二人の同志はそのまま撃ち殺されていただろう。

ちょうどその時だった。馬上の敵軍士官が偶然通りかかった。

「タイイドノ！」と私は力の限りの大声で叫んだ。「サイバンモナシニ、マルゴシノホリョヲ、ショケイスルノデスカ！」

この訴えは大尉の耳に届き、立ち止まった彼は分遣隊を停止させた。これで話を聞いてもらえる、と私は思った。この大事な局面では、私の外国語の知識がとても役に立った。北部の工員と思わしき二人の捕虜は、当然ながら英語以外の言語を知らなかった。それどころか、自分たちがどんな罰を受けることになるのかさえ知らなかった。私は二人の釈明をすべく通訳を買って出た。彼らはディットン近郊で小競り合いがあった時に仲間とはぐれ、納屋にしばらく隠れていたそうだ。そして、敵の小隊がちょうどそこを通りがかった時、運悪く外に出てしまったらしい。周りは敵だらけという状況に混乱したその内の一人は、背後から撃たれるかもしれないと恐怖し、咄嗟に発砲してしまったのだ。一人は攻撃し、もう一人もライフルを手にしていたという状況だ。その場で撃ち殺されなかったのは奇跡としか言いようがない。

この説明を聞いた大尉は、分遣隊長に二人を釈放するよう命じた。こうして命拾いした彼らは、そそくさと道路脇へ逃げていった。この大尉は公正で立派な軍人に違いない。しかし、私は彼に嫌悪感を抱かずにはいられなかった。彼は自分の身分以上に尊大な態度をとっていると感じたからだ。意図的に偉ぶっていたのではないだろう。しかし、勝者としての計り知れないほどの優越感が私への態度に滲み出ていたのだ。足を引きずりながら同胞の命乞いをする篤志隊員と、戦勝国の大尉の自分とでは、天と地ほどの差があったのだろう。この天上人は偶然その場を通りがかり、その人が発した鶴の一声で捕虜は死を免れた。「命とはこんなに軽いのか」、と私は思った。犬の生死を決める時すら、あれよりはもっと慎重になるだろう。彼らが命拾いしたのは単に大尉の正義感が許さなかっただけで、また、二人が解放されたのは捕虜にしておく価値がなかったからだろう。しかしあの二人だけが理不尽な扱いを受けたわけではない。

当時を生きた人間なら誰しも侮蔑を受け、また、屈辱に耐えたわけで、こんな話はありふれている。それでも私は話しておきたかったのだ。敵が初めから私たちを徹底的に見下していたことを。

　わずかな数の英国正規軍は、多勢に無勢な状況下で無意味に突撃を繰り返し、そして散っていった。篤志隊や民兵隊の指揮系統はうまく機能していなかった。武器やその他の装備品にも大いに事欠いた。いや、少なかったのではない。単に分配がうまくいかなかっただけなのだ。豊富な食料に囲まれながらも飢え死にしそうだった。大量の弾薬がありながらも弾切れの事態に瀕していた。管理不足に次ぐ管理不足で、私たちはもはや軍隊の体《てい》を成さない無秩序な暴徒と化してしまった。そんな寄せ集めの集団が闇雲に戦った相手は、不運なことにヨーロッパでもっとも高い規律と機動力を誇った軍隊だったのだ。サリーで戦死した者はまだ幸運だった。少なくとも私たちのように生きて恥辱に耐える必要はなかったのだから。

第十九章　英国を去る孫たちへ

お前たちは顔を怒りで真っ赤にしているね。私の体験談を聞いたあとだから、その気持ちはよくわかるよ。確かにお前たちの世代はずっと耐えてきた。いや、耐える以外の生き方を知らなかったといった方が正しいだろう。しかし自分たちがもっとも不幸な世代だとは思わないでほしい。私たちがどれほど耐え忍んできたかを想像してほしい。私たちは栄華と絶望の両方を経験した世代なのだ。かつての英国は世界中に領土を持ち、「日が沈まない国」とまで呼ばれたほど外国からの尊敬を浴びた国だった。私たちは敗戦や屈辱も味わったことのない大英帝国の臣民だったのだ。その時代を知りながら、今日の英国で生きるのがどれほど辛いかをどうかわかってほしい。

戦争に至るには、双方何かしらの落ち度がある。戦勝国だってそれを考慮してある程度の譲歩はするものだ。しかし、あの戦争に限っていえば、まったくの例外だった。「英国が一方的に戦争を引き起こしたのだから、責任はすべて英国にある」との主張が通ってしまった。ロンドンと唯一の武器庫を失った英国に、敵は一切の情けをかけなかったのだ。

彼らが私たちに行った残忍な仕打ちは、お前たちも知っている通りだ。しかしここで非道な要求の数々をあえて挙げよう。まず天文学的な額の賠償金だ。英国はそれを賄うために国民に重い税を課すことになった。五十年たった今日でも返し終えることなく、人々は貧窮に喘いでいる。それから海軍を奪われた。英国が二度と仕返しできないようにするためだ。さらには「法」と「正当な手続き」と呼ばれるものによって、私たちの住まいさえ奪われたが、特にこれが理不尽で耐えがたいと感じた。なぜかといえば、あれは英国の行政官によって出された命令だったからだ。どうせなら侵攻軍に強奪されたほうが納得できただろう。

英国人はあの日を境に日々刻々と落ちぶれていった。私たちは未来への希望すら持てず、困窮に耐えながらもここまで生き延びてきた。「なぜ生きる気力があったのか?」、「なぜ自殺をしなかったのか?」、こういう疑問には当の私でさえも答えが出せない。

英国は植民地を失った。カナダと西インド諸島はアメリカに渡り、オーストラリアは独立した。インドにいた英国人は、敗戦後も支配者として振る舞おうとしたため、皆殺しにされてしまった。インドを失ったのは言うまでもない。ジブラルタルとマルタは、この戦勝国に割譲された。独立したアイルランドでは、紛争と無政府状態が今でも続いている。

英国本土に話を戻すと、まず、貿易相手がいなくなった。港では閑古鳥が鳴き、工場は稼働をやめた。それからというもの、この国で拡大してきたのは貧困と衰退だけだった。栄華を誇ったあの時代を知る私が、死に体の英国で今ものうのうと生きている。「私に愛国心が少しでもあるのなら、なぜ絶望して死ななかったのだ?」、「私は愛国心はもとより、良心の欠片《かけら》さえ持ち合わせていなかったのではないか?」と自分を責めてきた。そんな自己嫌悪は今でも私の胸から離れない。

　フランスだって凶暴な力に突然襲われ敗戦に追い込まれた。英国と同様に侵略者の圧政の下で辛酸を舐める運命を辿り、その原因となった戦闘の経過や結果だって英国と似ている。だがフランスの場合はまだ良かった。明るい未来が待っていた。フランスには植民地がなかったから、国土を大きく減じることはなかった。その豊かな国土はほとんど奪われずに済んだのだ。フランスが立ち直ることができたのは、富をもたらすこの広大な土地が奪われずに済んだからだ。

　だが英国は違った。この国の繁栄の土台は貿易と財政的信用だった。貿易の航路は慣例で決まる。航路にいったん変更が生じると、それがたとえわずかな時間であっても、元には戻らない。信用だって同じだ。一度失ってしまえば取り戻すのは困難だ。都合よく回復の機会がやってくるとは思わない方がいい。英国の繁栄は、あまりに脆いこの二つの土台上に築かれていたのだ。このことを英国人は理解しなかった。

　国債の金利が常に三パーセントだったのは神の御意志だとか、貿易の拠点に選ばれたのは、英国が荒れた海のただ中に佇む霧のかかった小島だからとか、こうした根も葉もない耳当たりのいい妄言が広まり、そして信じられていた。もしお前たちが当時に生まれていたなら、この手の話を信じるようになっただろう。だが、英国のあらゆる港に集積した富は自国で生んだものではない。実際にはインドや中国を始めとした他の国々で生み出されたものなのだ。それに、天然資源を売買する人々が、英国外に拠点を移すことも十分に予見できた。それでも英国人は辛辣で小難しい話には耳を傾けず、甘美でわかりやすい迷信を信じる方を選んだのだ。

私たちの思い込みはそれだけに留まらなかった。いつか英国の石炭や鉄が枯渇するとか、あるいはそれよりも早くに価格競争で負けて、採掘する意味がなくなるなどとは夢にも思わなかった。だが現実と願望の間には万丈の深淵が横たわっている。産業の根幹たる当時の採掘業はもはや風前の灯火だったのだ。それに世界貿易というのは移ろいやすい。産業が衰退しているなどの悪評は致命的だ。だから貿易の中心地であり続けるためには、自国を強くすることで安定させ、その存在感を世界中に示しておく必要があったのだ。それにも関わらず、豊かな時代に生まれた私たちは、幸運な現状が当たり前だと信じ切っていた。それどころか、豊かさをあと千年は享受できるはずだと思い込んでいたのだ。

英国は目先のことにとらわれ慎重さを失った。この国を襲った不幸と衰退は簡単に防げたはずだ。なぜならあの狭い海の向こう側には不吉な予兆がありありと見えていたのだから。だが反省すべき点は別にある。英国は禍いに見舞われたのではなく、それを自ら招いてしまったのだ。この事実こそが私たちをさらに苦しめている。少数の人間の口から発せられた警告は、多数の声にかき消された。また、その多数の声は権力の行使に慣れた支配者層の力を奪った。しかしこの支配者層こそが数々の政治的荒波を乗り越えてきた舵取り役だった。外交的危機に直面しては、それにともなう戦争に幾度も勝利してきた。いわば、英国の名誉を守る盾でもあったのだ。しかし権力は彼らの手から滑り落ちた。権力が誰の手に渡ったかといえば、それはまともな教育も、また、政治的権力を行使する訓練も受けたことがなく、さらにはデマに容易に左右される労働者階級の手にだ。いうなら、英国は自ら進んで無力になった。こうして不幸を招き入れてしまったのだ。

あの時代にも賢い者はいた。しかし彼らの声は多数の声にかき消されてしまった。軍備不足を指摘した賢者に対して、多数の声は「十分すぎる軍備にさらなる公金を無駄に投入している」とか「自分たちの権益を拡大しようとする貴族だ」、あるいは「外国の脅威を唱える扇動者だ」などと非難し、圧倒した。富裕層は怠け者で贅沢することに余念がなく、貧乏人は防衛費を出し渋った。一方で政府は急進派の機嫌取りをする機関と成り下がってしまった。この国のリーダーは、当時の利己主義に迎合するほど落ちぶれた。男に兵役を課してこの国の防衛を固めるべきとの主張よりも、国民の自由を侵害してはならないという多数派の意見を尊重し、それればかりに耳を傾けてしまったのだ。

そんな英国だからいつ崩壊してもおかしくはなかった。しかし、政治家たちにほんの少しの信条と自己批判の精神、そして先見性と決断力があれば、あれほどの悲劇は避けることができたはずだ。私は当時を振り返ってみてそう思う。悪しき現状を放置した国には、遅かれ早かれ鉄槌が下される運命だった。そして自己中心的な民族には、そもそも自由を謳歌する資格などなかったのだ。

どうか移住先でも英国が受けた苦い教訓を忘れないでほしい。私は再出発を図るには年をとりすぎた。辛く不幸な人生であったが、心底愛した土地にこの老骨を埋める日も迫っている。昔の幸福と名誉が深く刻まれた老骨だ。その時をここで孤独に待つのも悪くないだろう。

訳者あとがき

本書はジョージ・トムキンズ・チェスニーによる『ドーキングの戦い―ある英国篤志隊員の回想録―』の全訳である。原書は一八七一年の『ブラックウッズ・エジンバラ・マガジン』誌五月号に掲載され、同年六月に一部改編した冊子版が発表された。翻訳にはオリジナルである雑誌版を用いた。また本作品はこれがはじめての邦訳となる。

チェスニーの生涯

〈幼少期〉

ジョージ・トムキンズ・チェスニーは、一八三〇年にイギリスのデヴォン州ティバートンで、チャールズとソフィアの四男（末子）として生まれた。父チャールズはベンガル砲兵隊の大佐を務めていたが、病気のため一八二八年に退役し、一八三〇年に三十九歳という若さで亡くなった。これはチェスニーが生まれるわずか三週間前の出来事だった。一方、ジョージ・チェスニーの四歳年上の兄であるチャールズは、後に陸軍士官となり、軍事史研究家や軍事評論家として英国を代表する存在となる。また、英国陸軍のフランシス・チェスニー将軍は、ジョージ・チェスニーの伯父にあたる。

父の死後、一家は困窮を余儀なくされたが、母ソフィアが女学校を開き生活の糧とした。チェスニーは十一歳から二年間、地元のティバートンにある名門ブランデルズ・スクールでデイ・ボーイ（寄宿生ではなく、通学生）として学んだ後、エクセターにある歴史の浅いマウント・ラドフォード・スクール（これもパブリック・スクール）に入学。十四歳の時に数学で二位、品行方正とフランス語でそれぞれ三位の成績を収め、表彰されている。

軍人家系に生まれたチェスニーだが、十五歳の頃は医者を志していたようだ。しかし、十六歳の時にクロイドンにあった東インド会社軍事神学校に入学し、士官候補生となる（なお、この学校名には「神学校」と付けられているが、れつきとした軍事学校である）。チェスニーはここでも勉学に励み、二年の課程を学年三位の成績で修了した。そして卒業後、ベンガル工兵隊の少尉に任命された。

〈青年期〉

一八五〇年（二十歳）にチェスニーはインドのベンガル州の州都コルカタに赴任し、一八五四年には中尉に昇進した。その翌年に現地で知り合ったアニーと結婚し、後に四男三女をもうける。コルカタで公共事業部門に配属されたチェスニーは、開学して間もないルールルキーの土木工学大学（現在のインド工科大学ルールキー校）の副学長に任命された。

一八五七年に勃発したインド大反乱では、旅団副官としてデリーの包囲戦などに参加し、アーチデール・ウィルソン*司令官配下の主任技師だったリチャー

＊**アーチデール・ウィルソン**　アーチデール・ウィルソン（一八〇三―一八七四）は、砲兵将校。インド大反乱では包囲戦における活躍が称えられ、準男爵に叙せられた。

ド・スミス少将*の参謀となる。

インドの首都デリーはいったん反乱軍の手に落ちたが、参謀となったチェスニーはすぐに急襲して奪還するという大胆な進言をする。しかしそれは採用されず、正攻法である相手の疲弊を待ったのちに城壁を破って正面突破するという作戦が用いられることとなった。九月になると五日間に渡る城壁への一斉砲撃が行われ、崩壊部分からの突入が決行された。だが、その突破口の大きさが不十分だったため、チェスニー率いる工兵隊が壁を直接爆破するという、極めて危険な任務を負うことになった。もしチェスニーの作戦が採用されていれば、十分な防御が築かれる前に砲撃でまともな突入口を作れたかもしれない。とはいえ、この正攻法の作戦は成功した。爆薬を仕掛けた際に、チェスニーは重傷を負ったものの、その勇敢な貢献により、名誉大佐の称号が授与された（これは実際の昇進ではなく名誉的な称号）。

傷が回復すると、チェスニーは再びコルカタに赴任し、ウィリアム要塞内にあった別の土木工学大学の学長に就任した。この時期、公共事業の財政問題を主題にした論文を発表したことから、公共事業の会計部門の設立を任され、部門長に任命される。チェスニーが考えた新しい監査システムはその効果が証明され、鉄道会計部門の運営も任されることになった。

〈壮年期〉

一八六七年（三十七歳）にチェスニーは一時帰国し、著書『インドの政治』を出版する。この本はインド行政を詳細に研究したもので、インドにおける独立軍の廃止を含む改革案を提案している。その本は官界で高く評価され、チェスニーの提言に基づく刷新が実現するきっかけとなった。こうした功績もあり、一八六九年に中佐に昇進した。

当時、インド国内にはいくつもの土木工学学校があったが、それでも必要とされる技術者を十分に確保することは難しかった。そのため、英国内でも人材を養成することが決定され、チェスニーはその学校設立に深く関与することに

＊**リチャード・スミス**　リチャード・ベアード・スミス（一八一八―一八六一）は東インド会社の工兵将校。彼はこの包囲戦において工兵隊の責任者を務めた。

なる。設置場所の選定やスタッフの人選、さらにはカリキュラムの策定まで、彼は幅広い役割を担った。こうして一八七一年に王立インド工科大学が設立されると、チェスニーはその初代学長に就任し、以後英国を離れる一八八〇年までの約九年間、その地位に留まった。

〈中年期〉

一八八〇年（五十歳）にチェスニーはコルカタの英印軍部秘書官に任命され、一八八三年にはインドの星勲章（コンパニオン）を授与される。翌一八八四年には大佐、さらに一八八六年には少将に昇進した。当時の英印軍部とその秘書官は、それぞれ本国の陸軍省と事務次官に相当する重要な役割だった。チェスニーは軍部長官だったトーマス・ウィルソン中将*の指揮下で、装備品や輸送経路の改善に尽力し、エジプトやビルマなどに展開する軍への適切な補給が円滑に行われるようになった。この任務を終えた一八八六年に、チェスニーはインド帝国勲章（コンパニオン）を受勲する。

同年、チェスニーはインド政府の軍事顧問に任命され、五年間にわたりその

チェスニーが帰国する直前の1890年頃、インドで撮影されたもの。中央に座るのはインド総督ランズダウン侯爵、左にはロバーツ元帥、右にはチェスニーが位置する。当時のインドにおける権力構造と、チェスニーの立場がよく表れている。

職務を全うした。軍事顧問は軍部長の一人であり、本国の陸軍大臣に相当する。さらに、王に直接助言できる立場でもあった。また、彼のインドにおける上官は、インド陸軍の最高司令官であるフレデリック・ロバーツ[**]元帥のみで、インド陸軍はこの二人による二頭体制で行われていく。

　チェスニーとロバーツは友人同士であり、良好な関係を保っていたため、その協力体制は非常に強固なものだった。インド辺境や港湾の防衛、鉄道の建設、ロシアへの反攻戦略など、インドの安定に向けた多くの改革が進められた。チェスニーはその間も順調に昇進を続け、一八八七年に中将、一八九〇年には工兵隊の司令官に就任。さらに、一八八七年と一八九一年にはバス勲章（コンパニオンおよびナイト・コマンダー）が授与され、その功績が広く認められた。

---

* **トーマス・ウィルソン**　トーマス・フォーネス・ウィルソン（一八一九―一八八六）はインド大反乱の際、英国人が多く住むラクナウがセポイ人によって四ヶ月間包囲された際、参謀を務めていた人物。

** **フレデリック・ロバーツ**　フレデリック・ロバーツ（一八三二―一九一四）は英国陸軍最後の元帥。第二次アフガン戦争での活躍によって国民的英雄となった。引退後は強固な国防論を展開し、皆兵制を掲げるナショナル・サービス・リーグの会長も務めた。一九一四年に死亡した際には国葬が執り行われ、ウェストミンスター寺院に遺体が安置された。王族以外でこの場所に安置された初めての民間人である。

〈晩年〉

一八九一年（六十一歳）にチェスニーは帰国し、論争が続いていた英国陸軍の運用方針を改革する決意を固める。彼はインドの軍事体制を見習うべきものと提唱し、当時権威ある雑誌だった『十九世紀』誌に三本の論文を発表する。その内容は、補給部門の分権化と、陸軍大臣の直属に最高司令官と補給部門の総責任者を置き、さらにこの両者に国会での発言権を持たせるべきだと主張するもので、これはチェスニーがインドで行っていた体制を英国でも実現しようとするものだった。この論文が注目されていたなか、翌一八九二年に彼は大将に昇進した。

このような言論活動を行いながら、チェスニーは政治の場でも力を発揮しようと国会議員を目指す。そして、一八九二年の総選挙では、保守党の候補者としてオクスフォード選挙区で当選を果たす。議員となったチェスニーは、軍事やインド問題について精力的に発言を続け、小規模な議員派閥の中心人物となった。この派閥の主張は、海軍と陸軍を一人の大臣の下に束ね、軍をより統一的な組織とすることや、両軍の長が内閣に助言する体制を提案するなどだった。

これらの提言は、一八九四年に首相に提出された派閥の共同書簡に結実する。しかしチェスニーらが主張した大胆な改革案が実現されることはなかった。また、その同じ年には自著『インドの政治』を大幅に書き直して発表した。ところが、改革が道半ばだった一八九五年、チェスニーは狭心症により突然この世を去ってしまう。六十五歳という早すぎる死だった。

〈没後〉

軍事分野でもっとも古い歴史を持つシンクタンクである英国王立防衛安全保障研究所（RUSI）は、一八九九年にチェスニーの功績を称え、「チェスニー・ゴールド・メダル」という賞を創設した。この賞は同研究所が授与する最高位の栄誉であり、軍事科学と知識の発展に寄与する特に優れた本の著者に授与されている。初の受賞者はアルフレッド・マハン（一九〇〇年）で、彼の『海上権力史論』（一八九〇年）は、海軍戦略における最重要文献として現在でも広く参照されている。近年では、マーガレット・サッチャー元首相（二〇〇〇年）や、米ニクソン、フォード政権下で国務長官を努めたヘンリー・キッシンジャー（二〇一五年）などが受賞している。

あらすじ

『ドーキングの戦い』は、近い将来起こり得ると恐れられたドイツによる英国への侵攻を、市民の目線で写実的に描いた侵攻小説である。

この物語は、作品の語り手である主人公が、祖国を捨て新天地に向かう孫たちにむけて、五十年前に犯した過ちを語るところから始まる。その過ちとは、自分たちの世代が英国の破滅を招いてしまったというものだ。主人公は省庁勤務をするかたわら、英国篤志隊員もしていた人物である。彼は五十年前の戦争で、侵攻軍を迎え撃つ役割を担った。そして、当時を生きた一国民の視点から、敗戦の責任論について語り終えると、英国本土侵攻の経緯を語り始める。

英国は、ヨーロッパのある国が締結した秘密条約に怒り、衝動的に宣戦布告をしてしまう。すると、北ヨーロッパとの通信ケーブルが敵によって切断され、英国内には戦争に関する海外からのニュースが届かなくなってしまう。その後は断片的な情報に頼らざるを得なくなるも、次第に英国への大規模な侵攻が実行されようとしていることが明らかになっていく。そして、海戦で決着をつけようとした英国は、敵の秘密兵器によって艦隊を壊滅させられてしまう。こうして敵軍による本土上陸が可能になると、今度は主人公の戦争体験へと話が移る。

主人公は役人としての仕事を投げ出し、篤志隊に合流するが、この隊が組み入れられた旅団には明確な作戦らしきものはなく、あちこちに移動を繰り返すばかりだ。また、ある駅では列車に積み込めない物資が大量に山積みされ、兵士だけでなく物資の輸送にも不手際が目立つ。結局、主人公の旅団はドーキングという町の北側の丘に陣取ることになる。そこは東西に走る白亜の丘の一角で、南から北上してくる敵を迎え撃つ算段だった。

深い霧の中、ついに戦闘が始まる。英国軍は敵の出現に過剰に反応し、無駄に弾薬を消費してしまう。また、自軍の砲撃の煙で視界を失うなど、不手際が目立ってしまう。篤志隊や市民兵で構成される英国軍はとても勇敢だが、防衛線の一部が突破されると一気に総崩れとなり、戦線は崩壊する。敵に押し込められたことで篤志隊の規律も完全に崩壊し、実践に即した訓練がまるでできていないことが最悪のタイミングで露呈してしまう。英国軍は撤退に撤退を重ね、戦意を喪失した主人公の隊はある駅の付近を最後の防衛線として陣を張る。しかし、ここで英国唯一の武器庫が敵の手に落ちたという噂を耳にする。大きく戦意を削がれた主人公は前日の戦闘で重傷を負い、武器すら持てなくなっていた。また、配置されたこの駅はちょうど自宅に近かったため、諦めて家に帰ることにする。

その道中、主人公は思い出深い場所に差しかかる。そこはドーキングで一緒に戦い重傷を負った親友の家である。この家に立ち寄った主人公は、出血や疲労で気を失うのだが、意識を回復すると、屋内が敵兵に占領されているのを目にする。その後、外に出た主人公が見たのは、占領下の英国だった。

ここで主人公は回想を終え、これから移民となる孫たちに、英国が受けた教訓を忘れぬよう伝え、物語は幕を閉じる。

作品の背景

英国陸軍は慢性的な正規兵不足に悩まされていた。特にその問題が露呈したのは、クリミア戦争やインド大反乱の際、国内の兵力の大半を動員しなければならない事態に陥った時だった。このように英国内では、海外で有事が発生すると、国内の防衛力が不足することが長年問題視されてきた。その解決策として予備軍制度が創設されたが、給金の低さなどから志願する者は少なく、新たな仕組みの導入が模索されていた。また、ほんの気休め程度の処置だったが、普仏戦争の直前には二万人の兵士を増員することが決定されていた。

一八六八年に政権を握ったホイッグ党の党首グラッドストンは、リベラルの伝統からか軍事に対する関心が低かった人物で、陸軍組織の効率化とコスト削減には前向きだった。彼はエドワード・カードウェル（貿易委員会会長やアイルランド担当主席政務次官などを歴任した人物）を陸軍大臣に指名し、軍の改革を命じる。彼の任務は、陸軍の予算を削減しつつ、動員可能な兵士を増やすという困難なものであった。予算については一八六九年から一八七一年にかけて、実に三十パーセントもの削減を行った。

しかし、カードウェルが改革に着手した翌年、普仏戦争が勃発し、すぐにフランスの敗戦が決定的となる。プロイセンを中心とするドイツ諸邦が、短期間で圧倒的な勝利を収めるのである。英国は伝統的にフランスを第一の仮想敵国と見なし、防衛政策の土台としていたため、このヨーロッパ随一の陸軍の敗戦により、英国は防衛政策の転換を余儀なくされることとなった。また、この戦争では通信手段の発達により戦況が即時的に英国へ伝えられたため、プロイセン軍の強さやフランス軍の敗走などがありありと英国民の目に晒された。開戦翌月には「十万ものドイツ兵が英国に侵攻するかもしれない」などと不安を煽る記事も多くなってくる。また、開戦二ヶ月足らずで、ドイツ軍はナポレオン三世とともに十万ものフランス兵を捕虜にするという、華々しい戦果を挙げ、英国民に大きな恐怖を与えた。

実際のところ、プロイセンの圧倒的な勝利はフランス侵攻のために新たな鉄道を建設するなど入念な下準備がなされていたことが理由であり、両者の戦力の差がそれほど開いていたわけではない。だが英国民の目にはそのように映った。以前から囁かれてきた英国の防衛力不足は、ここにきて危機感を持って叫ばれるようになったのである。

そのような社会的雰囲気の中で、チェスニーは文芸誌として評判の高かった『ブラックウッズ・エジンバラ・マガジン』誌の編集長に小説投稿の意思を手紙で伝えた。その中で彼は「徹底した改革の必要性をこの国に理解させるためには、物語がいいと考えた」と述べている。チェスニーはこれまで改革の提案をするのに雑誌や本を媒体に論考を発表していたが、この時はまるで畑違いの小説を選んだのである。ジョージ・エリオットを発掘したほどの目利きの編集長であるジョン・ブラックウッドは、チェスニーの原稿の素晴らしさを理解した。こうして彼の処女作である『ドーキングの戦い』はこの雑誌の巻頭に掲載されたのである。

この作品は瞬く間に人気となった。数多くの書評が新聞に次々掲載され、話題が話題を呼び、雑誌はすぐに売り切れとなった。クラブではこの雑誌が奪い合うように読まれ、編集長の娘は、「いったん手にしても五分と経たずにウェイターが読み終えたかどうか尋ねてくる」と回想したほどだ。発行した翌月の六月中旬には第六版まで印刷され、月刊誌史上かつてない快挙となった。普仏戦争により英国民の危機感はすでに高まっていたが、それが頂点に達したのは『ドーキングの戦い』の発表によるところが大きい。自国が踏み躙《にじ》られる様子をすでに多くの英国民は想像しただろうが、彼らはこの作品によってついにそれを「見た」のである。

この作品が非難している対象は多岐にわたる。それは防衛軽視の政府、少なすぎる陸軍兵、予備軍の練度不足、補給システムの不備、選挙権の拡大、広すぎる領土、さらには経済を優先する国民の態度などであるが、もっとも強く非難するのは、旧態依然とした英国軍とその運用であり、それを放置したグラッドストン内閣である。

現役の将校であるチェスニーが、強い政権批判を行うことにはリスクがともなう。ある日、グラッドストンは昼食中に『ドーキングの戦い』が話題になった際、顔を真っ赤にして怒ったという。その話はチェスニーの耳にも届いたそうだ。英国は安全だと主張する政府と、そうではないことをフィクションの形で提示したチェスニーであるが、彼が政府との真っ向対立を望んだわけではない。それは、この作品を匿名で発表した事実からも明らかだろう。しかし、結果として彼は政府に敵対したと見なされることとなった。少なくとも世間ではそう見られていた。実際、ある新聞記事では「射殺すべきなのは作者かグラッドストンのどちらだろうか」という過激な表現が使われたほどで、チェスニーは自分の小説がここまで話題になるとは予想していなかっただろう。現代で言うところの「炎上騒ぎ」となってしまい、ついには彼が著者であることまで特定されてしまった。

この騒動に対し、チェスニーはかなり頭を悩ませていたに違いない。彼はすぐに新聞紙上で、自分はリベラル派であり、現政権に異を唱える理由も動機もないという趣旨の声明を発表した。さらに、この作品のパンフレット版が発表された時は、政権批判とみられる箇所を中心に改変している。これらの釈明や譲歩が功を奏したかどうかはわからない。また、作者であることがその後の彼のキャリアをどれほど傷付けたのかもわからない。少なくとも彼は順調に出世していることから、さほど政府は彼を敵視していなかったのかもしれない。とはいえ、少なくともこの釈明はメディアから無視された。加えていえば、先ほど述べた「射殺すべき……」という記事も、その釈明から二ヶ月以上も経った後に書かれたものである。

このような世論の高まりを、穏健派が静観していたわけではなかった。『パンチ』誌などのリベラル系のメディアは、この作品やその「予言」を馬鹿げたものだと一貫して主張していた。また、『タイムズ』紙の編集者が、当時もっとも有名だったジャーナリストに『ドーキングの戦い』のような物語の執筆を依頼したのは興味深い。無論、その目的はチェスニーに対抗することだった。この小説は『無敵艦隊の再来』（二〇二二年、拙訳）として『タイムズ』紙で発表された後、小冊子版としても出版された。しかし、話題になったものの『ドーキングの戦い』ほどの勢いを持つ存在とはならなかった。

こうした事実を挙げていくと、当時の英国が国防議論一色に染まっていたように見えるかもしれない。だが、それは英国社会の多様性への過小評価となるだろう。実のところ、『ドーキングの戦い』と同時期、より世間の関心を集めていたのは「ティッチボーン事件」である。この事件は、一八五四年の海難事故で死亡したと思われていたティッチボーン男爵家の長男が、一八六六年に帰ってきたことから始まった。この長男は戻ってきた時から、素性の怪しさが指摘されるなど話題になっていた。そして『ドーキングの戦い』が発表されたのと同じ月である一八七一年の五月に、その関心の高まりは頂点に達する。この男は、ティッチボーン家が所有する物件の賃貸人に退去を求める裁判を起こしたのだ。もし原告の訴えが認められれば、この男が正当な男爵家の跡取りであることをも裁判所が認めることとなるため、世間はより大きな関心を寄せたのである。

このように、当時の世論が国防一色だったと考えるのが間違いであることは、ティッチボーン事件の例を挙げるだけで十分だろう。とはいえ、『ドーキングの戦い』が国民に与えた影響や不安は大きかった。大小というのは程度問題だが、少なくとも政府が不安を払拭する必要に迫られる程度には、この作品は広く関心を集めたのである。どのメディアも抑えることができなかったこの作品の勢いに対して、政府は非常に斬新な打開策を編み出した。それは英国史上初の平時における大規模軍事演習の実施である。一八七一年九月に行われたこの演習を、メディアは「ドーキング演習」と呼んだ。ここでいう「ドーキング」とは、当然ながら本作のことを指している。これは二週間に渡って英国各地で行われ、のべ三万三千人の正規兵と篤志隊員が上手に連携して敵役を撃退する様子を観衆に見せた。メディアはこれをこぞって報道し、英国内が十分に守られていることを国民に周知させることに成功したのである。

それにともない、『ドーキングの戦い』が生んだ危機感は急速に失われていった。こうして役割を終えたかに見えたこの作品だが、その斬新なスタイルやテーマは、後の作家たちに大きな影響を与え、文学史上に名を残すこととなったのである。

作品解説

この作品はプロパガンダ小説といえるが（ここでいうプロパガンダとは説得の一種であり、受け手の利益が必ずしも考慮されていない類いの説得を指す）、そのテクニックには読者の「見いだす」意欲を刺激することが重要なものとなっている。作品解説に入る前に、この「見いだす」という点の重要性について少し説明を加えよう。

第一次世界大戦が勃発したことで誕生した英国政府のプロパガンダ局の初代責任者となったチャールズ・マスターマンは、説得の方法として「不確かな事実を提示し、それを本人に確認させる」ことがもっとも効果的であると述べている。これは、主に新聞記者などの世論形成者を想定した発言だが、自分で確認した「事実」に人は確信を得やすいという心理は、一般の人々にも当てはまる。このような手段で「確証を得る」方法は、現在でも世界中の至る所で行われている。むしろその傾向は、さらに加速しているとさえいえるだろう。その典型的な例が、インターネット上で野放しになっているプロパガンダの数々である。そこで人々が確信を得る経緯は概ね次のようなものだろう。

ある記事や動画を見ていると、それとは無関係な、あるいは人がまったく知らない情報が出てくる。そこにはリンクが貼られているかもしれない。そのリンクを踏んだり、あるいは検索にかけたりすると、関連情報がたくさん出てくる。その人にとっては新出の「事実」である。これに対し、その人は何かしらの疑念を抱いたり、仮説を立てたりしながら真偽性を確かめようとさらなる関連語を検索エンジンに入力してみる。すると、彼の疑念を解消したり、仮説を後押ししたりするような膨大な数の「証拠」がある。その中から、無作為にいくつかの記事や動画を確認するうちに、その人物は「真実」を見いだすのである。そして、真実を知ったその人は義憤に駆られるかもしれない。真実を広めたいという衝動に突き動かされるかもしれない。いずれにしても、彼の心には一つの確信が形成されたのである。

以上のように、確信を得るプロセスを簡単に説明した。もちろん、実際にはこれほど単純ではない。しかし大事なことは、こうしていったん形成された確信は容易には覆らないということだ。プロパガンダの罪深さは、黒カビのように人々の心に根を深く張ることにある。一度確信を得た後では、それに反する事実を提示して目を覚まさせることよりも、その人の視野が自然に広がるのを根気強く待つほうが得策かもしれない。いずれにしても、人は自ら労を費やして得た情報を、真実だと信じる傾向が強いのである。

そして『ドーキングの戦い』では、この「見いだす」ことを読者に促すテクニックが随所で用いられている。例えば、この作品ではプロイセンやドイツといった固有名詞は一切登場しない。作中では敵をただ「敵」と呼び、ドイツ語については単に「外国語」と記すのみである。そして、この敵という言葉が原文では五十五回も繰り返されていることから、作者が意図的に特定の固有名詞を避けているのは明白である。これは単なる外交的配慮でも、当時の小説の通例でも決してない。そうではなく、読者に「敵とは誰か」を徹底的に認識させる仕掛けであり、同時に読者と作者が共有する問題意識をより強化する仕組みなのである。

また、敵であるドイツ軍の姿も意図的に隠されている。ドイツ軍は英国近海で英艦隊を撃破した後、ワージングに上陸し、主人公らが防衛線を張る白亜の丘陵地帯に前進する。しかし、ここまで敵が迫っていながら、主人公が彼らを直接目撃する場面はない。主人公が得るのは、あくまで耳にした情報のみである。さらに、情報の多くは「噂」などの言葉が添えられ、不確かさが強調されている。そして、物語も後半に入ると、ようやく主人公らはドーキングでドイツ軍と交戦する。しかし、ここでもドイツ軍はほとんどの場面で霧や砲煙に隠され、人影程度にしか描写されない。非効率で混乱した英国軍の姿を見せながら、効率的で規律正しいドイツ軍の姿を読者に想像させるのである。

いよいよドイツ軍の姿が明らかになる場面では、その演出は非常に凝っている。まず、主人公の隣の丘で霧が部分的に晴れ、そこを太陽がスポットライトのように照らす。そして、その中心で丘を駆け上がる敵軍の姿が露わになる。この光景を、主人公は舞台の一幕のように喩えている。それまで霧の向こうから響いていた敵の砲声は、さながら舞台開幕を告げるオーケストラのようだ。隣の丘の敵を観客のような気分で眺めていた主人公は、土手が許すわずかな視野から敵の姿を目撃する。まずスパイク・ヘルメットが現れ、続いてその下の顔、さらに体全体という具合に、少しずつ姿が露わになる。それまでは舞台上で交戦劇を繰り広げていた敵が、今や主人公の眼前に迫り、視界一杯に広がる。しかも、その敵はまさに自分を攻撃しようとしている。このような、恐怖映画さながらの演出で、チェスニーは迫り来る敵の恐怖を読者の心に深く焼き付けるのだ。こうしていったん姿を現した敵だが、その後は再び物影や砲声などの背景に退けられる。

このような流れは、上述した「確信を得る手続き」と酷似していないだろうか。つまり、あえて不完全な情報を与えることで疑念を与え、自ら確認させるという方法である。本作は一人称視点で描かれたもので、いわば読者は主人公の目線で物語の世界を体験する。主人公は敵に関する多くの噂を耳にするが、その真偽をなかなか確認することができない。そして、辛い旅路を経た後、劇的な仕掛けの中でようやく事実を確認する。普仏戦争直後の時点で、実際にドイツが英国にとってどれほどの脅威になり得たかはさておき、作者は主人公を通じて読者にドイツが脅威であるということを発見させる、あるいは再認識させることを試みたのだ。

とはいえ、チェスニーがどれほどドイツ軍を「チラ見せ」したところで、これ一辺倒では物語は成り立たない。人々に熱心に読んでもらうためには、作品世界への共感が絶対条件であり、これなしではいかなるプロパガンダ的な試みも不毛とさえ言える。そこで、作者が用いた手段は、反対にありありと「見せる」というものだ。

具体的に何を見せるかというと、一つには中産階級の日常生活が挙げられる。これは当時のリアリズム小説においてありきたりな描写であり、主な読者層である中産階級の人々の好みを反映したものにすぎない。彼らは自分たちの世界が事細かに描かれた作品を好み、当然、そのような本が売れた。主人公はロンドン郊外に住む公務員で、毎日電車でロンドンに通勤している。彼が語る街並みや人々の様子、あるいは彼の思考や感情は、どれもが多くの読者にとって馴染み深く、親近感を抱かせるものだったに違いない。しかし、読者と共有する主人公の世界は、それまでのリアリズム小説とは次元が異なる。その世界は、過去化された近未来をさらにその未来から振り返ったものなのだ。いうなれば、主人公が暮らすディストピア的未来から回想した、読者の日常である平和な現在と多くの共通点を持つ「近未来」である。読者の日常が失われたものとして描かれることで、それに大きな価値があることを理解させる語りとなる。当時の読者にとって当たり前すぎて見過ごされがちなものに、あえて焦点を当て、異化することで、チェスニーは独自のリアリズムを生み出したのだ。これはほんの一例にすぎないが、このような「見せる」という仕掛けが随所に施されているのは明らかだろう。

ここまでの「隠す」「見せる」という話の流れから、チェスニーの偏りについても述べておきたい。彼は街や情景の描写を細かく行う一方、人物描写はほとんどしていない。唯一の例外は幼子のアーサーくらいであり、総司令官の将軍の描写は、むしろ旧態依然とした陸軍を非難する意味合いからなされただけだ。トラバースが主人公よりも体が大きいという情報は前者が瀕死の時に初めて出たほどである。チェスニーはそれほどまでに読者の注意が個人に向かうことを極力避けているのだ。

街や風景の描写以外では、主人公は政治家や世論、国民、軍といった国の維持に関わるものに洞察力を示し、個人の存在は極限にまで縮小されている。チェスニーが詳細に描写するものと省略するものを比較すると、情報の与え方が不自然なほどに偏っていることがわかる。この偏りは「議題設定」という説得方法の一種ではないだろうか。情報を与えられた人は、その限られた情報をもとに決断を下すことになるが、それは発信者が望むものに導かれるよう工夫されている。受け手はその結論を自ら導き出したものだと考えているため、それに疑念を抱く余地が少なくなってしまうのだ。このプロセスは、確証を得る手続きと同じように、読者を特定の結論に導こうとするものである。この作品についていえば、国防に関する考え方を誘導するために論点を限定し、国防のライバル的存在である個人の利益に関する考察を避ける、あるいは深く考えさせないよう計算されているのだ。

チェスニーのプロパガンダ的手法についてはまだ言い尽くせていない部分も多いが、そろそろ本作の目的についても述べたい。これをプロパガンダ作品として解説している以上、その評価の優劣はその目的をどれだけ達成できたかで判断すべきだからだ。チェスニーは「徹底した改革の必要性」を同胞に伝えるために小説を書いたが、それは具体的にはどの改革を指すのだろうか。作品内でチェスニーが英国の失敗として挙げている事柄が改善すべき点だとすれば、次の点が考慮される。例えば、国防軽視の政治家、選挙権の拡大、軍事費を出し惜しむ国民、帝国主義の推進などだ。他には、篤志隊員の練度不足や非効率な供給システムなども問題として挙げられる。練度不足が敗戦の大きな原因となっていることから、徴兵制の導入を勧めているとも考えられるが、これについてチェスニーは作品発表後に新聞紙上で明確に否定している。また、供給システムの問題については、「敵と同程度の損害を与えた」と主人公が語る場面があり、これが敗戦の大きな原因の一つであると考えられる。その改善がチェスニーの意図した改革だった可能性は十分にあるだろう。加えて、チェスニーが物資供給の専門家だった事実も、この見方を後押しする。

だが、どの改革が本当の目的で、どれが単なる副次的なものなのかを分析することは、結局不毛な議論となるだろう。なぜなら、どの説も採用するのに決定的な証拠もなければ、排除するのに致命的な欠点もないからだ。そもそも、チェスニーの批判の方向性はバラバラで一貫性に欠ける。練度不足や供給行政は別として、チェスニーの批判に誠実に応えようとするなら、政権の交代、選挙権の大幅な制限、増税、帝国主義の政策放棄、防衛力の国内集中など、際限のない改革が必要となる。しかし、これでは一人の作家が発する改革案として、非常に場当たり的に思える。だが、この一貫性の欠如を意図的なものだと考えるなら話は別だ。チェスニーはあえて批判の矛先を複数挙げることで、さまざまな読者の共感を広く集めようとしたのだ。そうすれば、作品に賛同する読者を増やし、人々の警戒心をより高めることができるだろう。つまり、作品の目的は、国防増強に傾いている世論に更なる一押しを加えることだったと考えることができるのだ。

確かに、この作品は世論を大きく動かした。政府が釈明を求められ、イギリス王族さえもこの作品名を挙げて侵攻への警鐘を鳴らした。メディアは連日、この作品の是非を論じた。このように世論を大きく動かしたことを以て、そのプロパガンダの目的はいったんは大いに達成されたと考えていいのではないだろうか。ここで「いったん」という言葉を使ったのは、この作品はのちに強烈な一撃を受けることになったからだ。それは大規模軍事演習の実施であり、この演習が人々に歓迎されたことにより、グラッドストンやカードウェルに向けられた刃は折れてしまったのだ。

とはいえ、『ドーキングの戦い』のプロパガンダ的手法の優秀さは、作品が一時期話題となったことよりも、その後の作家たちによって大いに利用された事実にこそよく示されている。この作品以降、外交的危機が生じるたびに、同様の手法を用いた小説が書かれるようになった。これらの作品は後に「侵攻小説」と呼ばれるS・F小説のジャンルに数えられるようになった。一八七〇年代のオスマン帝国の崩壊に端を発した「東方危機」、また、一八八〇年代の「英仏海峡トンネル問題」、一八九〇年代のウィルヘルム二世による「クルーガー電報事件」、一九〇〇年代の「英独建艦競争」など、そのようなさまざまな機会に英国では侵攻小説によって世論を喚起することが通例となった。特にこの手法を利用したのは、メディア王のノースクリフ卿だった。彼は新聞販路拡大のため、フランスやドイツから特定の地域が侵攻されるという小説を自社の新聞に連載し、さらに自身の選挙活動にまで利用したほどだ。『ドーキングの戦い』自体も、後のプロパガンディストたちによって活用された。例えば、第一次世界大戦が勃発すると、アメリカの参戦を促すため、それに適した序文を加えた新版がアメリカで出版された。第二次世界大戦時にはナチス政府によって出版され、反対にドイツの士気を高める目的で使用された。そのような事実は、このプロパガンダ小説の優秀さを示しているだろう。

さらに、侵攻小説の可能性は単にプロパガンダ利用に限られたものではなかった。これがもたらすスリルはプロットとしても優秀だったのである。ジョージ・グリフィスの『革命の天使たち』（一八九三年）やH・G・ウェルズの『宇宙戦争』（一八九八年）、『空中戦争』（一九〇八年）などは、侵攻小説の一種であり、『ドーキングの戦い』が産んだ果実だ。また、「近未来を舞台に現在の侵攻の危機を回避する」という典型的な作品テーマはウィリアム・ル・キューの『毒弾丸』（一八九四年、スパイ小説の元祖とも言われる）や、アースキン・チルダーズの『砂州の謎』（一九〇三年）、ジョン・バカンの『三十九階段』（一九一五年）などの初期のスパイ小説にも取り入れられた。このように『ドーキングの戦い』は侵攻小説というジャンルを確立しただけでなく、小説や大衆文化の発展に貢献したのである。

おわりに

英語圏では「侵攻小説」の研究が盛んに行われており、二〇二五年現在においてもその勢いは衰えていません。二〇〇五年に『ザ・ニューヨーカー』誌でも取り上げられたことは、一部の研究者間だけでなく、一般的関心も高まっていることを象徴する出来事だったと言えるでしょう。特に欧米では、侵攻小説の元祖である『ドーキングの戦い』が基礎的な文献として、論文や研究書にしばしば登場します。日本ではこのジャンルは「架空戦記」などと呼ばれ、その源流を指摘する研究も存在しますが、『ドーキングの戦い』は近年までなぜかその中に含まれてこなかったのです。未来の戦争を一つの歴史として過去形で提示するという手法を発明したのはチェスニーであり、無視するにはあまりに重要な作品ではないでしょうか。

まだ継続中のウクライナ戦争では、開始当初から多くの日本人がウクライナに大きな同情を寄せた一方、ロシアに対して憎悪を抱くようになった人も少なくありませんでした。ウクライナがどこにあるのかさえ知らなかった私たちが、また、八十年前に不戦を誓ったはずの私たちが、瞬く間に好戦的になり、交戦国の一方の国に援助を始めることに反対するものはほとんど皆無でした。八年も続いたウクライナ紛争では多くの日本人が無関心でした。そもそも紛争があったことさえあまり知られていなかったのです。この対照的な二つの例からは、メディアの影響力の大きさと私たちの誘導への弱さをまざまざと見せつけられる思いです。

ロシアが「第三次大祖国戦争」と位置付けたこの戦いが始まってからもう三年が経ちました。その間にはイスラエル・ガザ戦争が勃発しました。中国による台湾への侵攻の可能性もアメリカや日本で真剣に議論されるようになりました。先に挙げた二つの戦争はまだ終わったわけでもなく、また、台湾侵攻への警戒が解かれたわけでもありません。ですが、世間の関心はずいぶん低下し、その向きはすでに日常へと戻っています。

熱しやすく冷めやすいという民衆心理は、本作が書かれた十九世紀はもとより、古来より変わらないものなのかもしれません。しかし無人機など兵器の進化により人間の殺戮がより容易に、かつ、気軽にできるようになった現代だからこそ、多民族への敵意を喚起するプロパガンダには警戒したいものです。そして、その種の優れた見本である『ドーキングの戦い』が読者の皆さまに何らかの有益さをもたらすことができれば、訳者としては誠に幸いです。

ジョージ・チェスニーという日本ではまったく無名の軍人作家の作品出版を英断してくれた国書刊行会と忍耐強く私の下手な原稿と格闘してくれた編集部の柏もも子さん、どうもありがとうございました。広い心で私の活動を許容してくれる神戸大学国際文化学研究科の皆さまにも感謝しております。そして、いつも応援してくれる妻のトレイシーと無尽蔵の熱量を供給してくれる息子の宥介、娘の真理のおかげで私はこのように前に進むことができています。

最後に、ここまでお付き合いしてくださった読者の皆さま、どうもありがとうございました。

深町悟

令和七年三月

ジョージ・トムキンズ・チェスニー
George Tomkyns Chesney

1830年にイングランドのデヴォン州ティバートンで生まれる。軍人家系に育ち、東インド会社軍事神学校を卒業後、ベンガル工兵隊に入隊。インドでは公共事業の発展や土木工学大学の設立に尽力するなど、指導的な役割を果たした。軍の効率化に関する論文や本も執筆し、1871年に小説『ドーキングの戦い』を発表。その後もイギリス軍の近代化を訴え続け、後の軍事戦略や防衛政策に大きな影響を与えた。晩年は政治家としても活動し、1895年に65歳で没した。最終階級は陸軍大将。

深町悟
ふかまち さとる

1980年福岡生まれ。神戸大学国際文化学研究科専任講師。二十世紀転換期の侵攻小説などを研究。著書に『「侵攻小説」というプロパガンダ装置の誕生』（溪水社）、訳書にサキ『ウィリアムが来た時　ホーエンツォレルン家に支配されたロンドンの物語』、P・G・ウッドハウス『スウープ！』（ともに国書刊行会）。

ドーキングの戦《たたか》い

ある英国篤志隊員の回想録

2025年3月22日　初版第1刷発行

著者　ジョージ・トムキンズ・チェスニー

訳者　深町悟

発行者　佐藤丈夫
発行所　株式会社国書刊行会
〒174-0056 東京都板橋区志村1-13-15
Tel.03-5970-7421　Fax.03-5970-7427
https://www.kokusho.co.jp
印刷　モリモト印刷株式会社
製本　株式会社ブックアート
装幀　山田英春

ISBN 978-4-336-07506-2